Lächeln hilft

Dr. Jana Swiderski, Jahrgang 1973, hat Philosophie, Erziehungswissenschaften und Soziologie studiert. Sie promovierte zum Thema „Die Bildung der Bedürfnisse. Bildungstheoretische, sozialphilosophische und moralpädagogische Perspektiven". Die Autorin war als wissenschaftliche Mitarbeiterin sowie als Dozentin für die Ausbildung von Sozialassistentinnen und Erzieherinnen tätig. Heute ist sie als Arbeitsvermittlerin beschäftigt.

Jana Swiderski

Lächeln hilft

Heitere und nachdenkliche Geschichten

Bibliografische Information der Deutschen Nationalbibliothek: Die Deutsche Nationalbibliothek verzeichnet diese Publikation in der Deutschen Nationalbibliografie; detaillierte bibliografische Daten sind im Internet über http://dnb.dnb.de abrufbar.

© 2016 Jana Swiderski

Foto Clown: Jupiterimages
Foto Rahmen: Goir
Umschlaggestaltung: Perdita Bittig

Herstellung und Verlag: BoD – Books on Demand, Norderstedt

ISBN: 978-3-734731570

Inhalt

Vorwort 1
Lächeln hilft 3
Gruß 17
Ich möchte eine Schnecke sein 19
Das Dienstjubiläum 23
Das Ostergeschenk 35
Der alte Mann und sein Papagei 41
Die Biene – oder: Was wir alles nicht wissen 47
Wieder 53
Der dreizehnte Monat 55
Herbst 65
Der Sorgenfresser 67
Der Joghurt 73
Die alte Lehrerin 77
Die zwei auf der Parkbank 87
Was ist ein guter Tag? 93
Fremde Sprachen 101
Gretel und Paula 105
Til – Der Puppenspieler 115
Warum der Mensch wertvoll ist 127
Hilfe – Fünfzig 133
Keine Zeit 143
Was ist Glück? 153

Oma Röschen 155
Poesiealbum und Wecker mit Wackelaugen 161
Susi will beten 169
Teddybär 177
Wie Ente Emma und Schwan Emil Freunde
wurden 183
Wunder 193
Sage ich nun Hallo? 197

Vorwort

Wann haben Sie zuletzt gelächelt? Heute Morgen, gestern, vorgestern? Sie wissen es nicht? Sie haben keinen Grund zum Lächeln? Sie machen sich Sorgen? Sie sind im Stress? – Ich möchte Ihnen mit meinen Geschichten ein Lächeln schenken. Meine Geschichten sind kleine Oasen. Oasen der Besinnlichkeit, des Glücks und der Ruhe. Oasen in einem Alltag, der nicht selten von Anstrengung, Hektik und Spannung geprägt ist. Sie lernen in meinen Geschichten Menschen kennen, die so sind wie Sie und ich – und doch immer ein wenig rätselhaft bleiben. Menschen, die nach Glück suchen, nach dem Sinn des Lebens fragen, Menschen, welche Liebe ersehnen und die Einsamkeit überwinden wollen oder einfach nur träumen. Vermögen Sie, wie ich, die leisen Töne in unserer oft zu lauten Welt wahrzunehmen? Erkennen Sie kleine Zeichen? Dann werden Sie Freude an meinen Geschichten haben. Ich möchte mit Ihnen gemeinsam nachdenken. Ich wünsche mir, dass Sie über das Gelesene mit einem Ihnen lieben Menschen ins Gespräch kommen. Dass Sie die Welt um sich herum vielleicht mit anderen Augen sehen. Ich wünsche mir, dass Sie sich etwas mehr verstanden fühlen, aufatmen können. Wenn Sie meine Geschichten lesen, dann wünsche ich mir einfach, dass Sie lächeln…

Lächeln hilft

„Manege frei für unseren Clown Max Meier – groß M, klein Eier. Hier ist er, Ihr Publikumsliebling." Der Zirkusdirektor zog seinen Zylinder, blickte sich nach dem Vorhang um und schwenkte die Arme. Ein Trommelwirbel ertönte. Da purzelte der Clown auch schon hervor, überschlug sich ein paar Mal, um dann im Handstand zu landen und auf den Händen in die Mitte der Manege zu spazieren. Nanu? Der Clown stand auf einer Hand und tastete sein Gesicht ab. Wo war denn seine große rote Clownsnase? Er schlug sich auf die Stirn. Ah, da klebte sie. Der Clown schüttelte den Kopf. Er tastete wieder in seinem Gesicht. Die Nase war nicht an ihrem Fleck. „Ohr!", schrien die Kinder. Der Clown fasste sich ans Ohr. „Das andere", erschallte es aus dem Publikum. Tatsächlich, die rote Nase klebte auf dem linken Ohr. Der Clown fasste danach, platzierte sie in der Mitte seines Gesichts, vollführte einen Salto, stand auf beiden Beinen, um dann eine Pirouette wie eine Prima Ballerina zu drehen. Das Publikum klatschte und pfiff, die Kinder sprangen vor Begeisterung von den Bänken.

„Muss der unbedingt so heißen wie ich?", grummelte der Mann auf dem Sofa vor dem Fernseher. „Ich bin doch Max Meier. Und ich bin kein Clown, ich bin Versicherungsvertreter." Max Meier schaltete die Zirkusvorstellung im Fernsehen aus und holte sich eine Cola aus dem Kühlschrank. Die Flasche zischte leise beim Öffnen. Sonntagabends, bevor die neue Woche begann, saß Max oft auf seinem Sofa und dachte daran, was ihn in den nächsten Tagen erwartete. Welche Kunden er anrufen musste, welche Unterlagen vorzubereiten waren, welche Termine auf ihn warteten. Sonst erschien ihm das alles ganz selbstverständlich. Warum heute nicht? „Der Clown macht ein bisschen Handstand und verulkt die Zuschauer mit seiner roten Nase. Schon sind alle glücklich, freuen sich, klatschen und lachen. Warum fühlen sich die Menschen bei mir nicht glücklich? Warum lachen sie nicht? Warum freuen sie sich nicht, wenn ich ihnen eine Versicherung verkaufe? Es geht ihnen doch mit einer neuen Versicherung viel besser als ohne? Was mache ich bloß falsch? Oder: was könnte ich machen, dass die Menschen sich bei mir auch freuen und glücklich sind?" Mit diesen Gedanken im Kopf zog

Max Meier sich langsam aus, um schlafen zu gehen. Er stand vor dem Spiegel, bürstete Strich für Strich seine Zähne. Plötzlich spuckte er aus, ließ Becher und Zahnbürste fallen und eilte zu seinem großen Bücherregal. „Ja, das ist die Idee", dachte sich Max. Ganz unten in der Ecke befand sich ein Karton mit allen möglichen Sachen. Weihnachtsbaumkerzen, alte Kugelschreiber, ein Aftershave, das er nie benutzen würde, vergilbtes Briefpapier. Doch wo war ...? Max kippte den Karton um. Da rollte er heraus, der rote Tischtennisball. Max konnte sich beim besten Willen nicht erinnern, wie er zu diesem Ball gekommen war. Er nahm ihn, ging in die Küche, griff sich ein scharfes Messer und schnitt ihn in der Mitte durch. Mit einem kleinen spitzen Messer bohrte er vorsichtig links und rechts ein kleines Loch in die eine Hälfte des Balles. Jetzt fehlte nur noch ein wenig Hutgummi und fertig war die Clownsnase. „Die Menschen werden schon lachen und sich freuen, wenn sie mich sehen. Morgen geht es los." Mit diesen Gedanken schlief Max ein.

Am nächsten Morgen rieb er sich verschlafen die Augen. Er tastete nach seinem Wecker, hielt stattdessen etwas Rundes in der Hand. Nanu, was war das?

Ach ja, die Clownsnase. Max zog das Gummi über den Kopf – die Nase saß. Wie er damit wohl aussah? Barfuß lief er ins Bad und schaute in den Spiegel. Na gut – eine rote Nase. Ob das jemanden zum Lachen brachte? Max brummte „Hallo". Irgendwie wirkte er ernst. Er hob die Augenbrauen und sah sich verwundert an. Dann verzog er den Mund zu einem breiten Grinsen. Jetzt ähnelte er einem ungeschminkten Zirkusclown. Ob sich darüber jemand wirklich freuen würde? Max strich sich über die Glatze und bürstete den angegrauten Haarkranz ringsherum. „Lächeln hilft.", mit diesen Worten tröstete ihn seine Oma als er Kind war, wenn er sich das Knie aufschlug oder eine schlechte Zensur in der Schule bekam. Max lächelte zaghaft in den Spiegel. „Das ist es.", dachte er freudig. „Ein zartes Lächeln, ein warmes, freundliches und vor allem ehrliches Lächeln – das steckt an und kommt zurück, damit mache ich die Menschen fröhlich."

„Ein bisschen verrückt scheint es ja", überlegte er, als er später seinen Frühstückskaffee schlürfte, „Ich gehe jetzt erst einmal im Supermarkt einkaufen. Vielleicht sollte ich die rote Nase nicht die ganze Zeit aufsetzen, sondern nur, wenn ich jemanden wirklich fröhlich machen möchte." Er schlüpfte in seinen blauen Anorak, setzte das dazu passende dunkelblaue Basecap auf und steckte die rote Nase in die rechte Anoraktasche. Der Termin für ein Beratungsgespräch über eine Lebensversicherung bei Familie Dietzel stand erst um siebzehn Uhr an. Bis dahin würde ihm genug Zeit bleiben, die rote Nase auszuprobieren. Max schlenderte zur Straßenbahn. An der Straßenbahnhaltestelle stand ein etwa siebenjähriges Mädchen mit einem rosa Anorak, einem roten Schal, rosa Strumpfhosen, rosa Schuhen und einem riesigen rosa Schulranzen. Das Mädchen sah blass und unausgeschlafen aus und es wirkte irgendwie bedrückt. Max ging auf das Mädchen zu. „Guten Morgen!", begrüßte er die Kleine. Sie schaute ihn verwundert an.

„Gehst du jetzt zur Schule?", fragte Max das Mädchen.

„Ich soll mich nicht von fremden Männern ansprechen lassen, sagt meine Mutti.", erwiderte sie.

„Da hat deine Mutti völlig Recht. Ich wollte dir nur etwas zeigen." Max griff in seine Tasche und setzte sich die Clownsnase auf. Das Mädchen schaute ihn erstaunt an.

„Was ich nur sagen wollte, meine Kleine, - schau ein bisschen fröhlich in den Tag, egal was dich heute in der Schule bedrückt. Lächeln hilft. Und wenn du heute eine schwere Arbeit schreiben musst, hab keine Angst. Denk an Clown Max." Jetzt lächelte das Mädchen zaghaft.

„Siehst du, da kommt auch schon die Bahn. Ich wünsche dir einen schönen Tag. Ich muss hinten einsteigen, mach's gut, meine Kleine." Max eilte an das hintere Ende der Straßenbahn. „Entschuldigen Sie." rief er und wäre fast mit einem Mann zusammengestoßen.

„Keine Ursache." Der Mann im beigefarbenen Mantel mit einem beigefarbenen Hut kniff die Augen zusammen und schnippte seine Zigarette weg.

Zwei junge Männer mit Bierflaschen in den Händen stießen sich an.

„Guck mal, der hat se nich mehr alle." Max drehte sich um. Er war gemeint. Er griff sich an die Nase. Verdammt, die rote Nase saß noch in seinem Gesicht. Er zog das Gummi runter und versteckte die Clownsnase in seinem Anorakkragen. Akazienweg – fast hätte Max die Station zum Supermarkt verpasst. Er stieg aus, ging Slalom durch ein paar Pfützen zum Supermarkt, nahm sich einen Einkaufswagen und sammelte die notwendigsten Dinge ein – Brot, Milch, Butter, ein paar Eier, Äpfel. An der Kasse bildete sich eine ziemlich lange Schlange, obwohl es erst morgens um halb acht war. Vor Max lud ein dicker Mann schnaufend die Waren aus seinem überfüllten Korb auf das Band. Der Mann ereiferte sich.

„Sonst ging das alles schneller hier. Sie sind wohl Anfängerin. Nischt gelernt, dann reicht's wenigstens für die Kasse. Aber nicht mal für die Kasse reicht's."

Der Kassiererin stieg das Blut in den Kopf.

„Entschuldigen Sie. Ich versuche, mich zu beeilen." Sie senkte den Blick.

„Versuchen nützt nischt. Tun muss man's" Der Mann gab nicht nach, bis er seine Einkäufe in seinen Korb packte und mit wütender Miene verschwand.

Während die Kassiererin die Einkäufe von Max über den Scanner zog, schob dieser seine rote Nase ins Gesicht.

„Ich geb's Ihnen passend" Er suchte neun Euro zwanzig aus seinem Portemonnaie. „Machen Sie sich nichts draus.", beruhigte er die Kassiererin, „solche Leute darf man nicht so ernst nehmen. Sie haben hier keinen leichten Job. Wenn ihnen noch einmal so ein Miesmacher über den Weg läuft, dann sagen Sie sich einfach: Lächeln hilft."

„Na, wenn die Kunden hier morgens schon mit roten Nasen rumlaufen, da muss man ja lächeln. Ist heute irgendetwas los, hab ich was verpasst?", fragte die Kassiererin.

„Nein, es ist gar nichts los. Ich würde mich nur freuen, wenn die Menschen einmal lächeln, wenn sie mich sehen.", antwortete Max.

Die Kassiererin lächelte ihn an: „Na, dann viel Spaß noch und einen schönen Tag."

Max verstaute die Einkäufe in seinem Rucksack. Diesmal dachte er daran, die Nase wieder abzusetzen. Er stellte den Wagen zurück an seinen Platz. Merkwürdig, der Parkplatz vor dem Supermarkt war leer bis auf einen schwarzen Opel, vor dem ein Mann in einem beigefarbenen Mantel mit einem beigefarbenen Hut stand und rauchte. War ihm der heute nicht schon einmal begegnet? Wer weiß. Max ging zur Straßenbahn und vergaß den Mann. Jetzt musste er kurz ins Büro. Dort wollte er seine rote Nase lieber nicht aufsetzen, um keinen falschen Eindruck zu erwecken. Aber mittags, wenn er, wie üblich, zum Italiener etwas essen gehen würde, dann könnte er die Clownsnase wieder mitnehmen.

Im „Piano", so hieß der Italiener, empfing ihn schon die freundliche Kellnerin Valentina: „Bongiorno, signore, wieder Knoblauchspaghetti?"

„Prego, signorina, wie immer. Und wenn's geht, schön heiß."

„Haben Sie bei uns schon kalte Spaghetti bekommen?", fragte Valentina lachend.

„Entschuldigung", räusperte sich Max, „So meinte ich das nicht."

„Schon gut." Valentina verschwand in der Küche, während Max auf seinen Stammplatz im hinteren Winkel des Lokals zusteuerte, von dem aus man den ganzen Raum überblickte. Im Gehen angelte er sich die Tageszeitung vom Tresen. Er hatte kaum wenige Minuten in der Zeitung geblättert, als eine Gruppe von vier jungen Männern in Anzügen eintrat. Die Männer blickten sich um. Wie auf Verabredung gingen sie zu einem Tisch in der Mitte, legten fast gleichzeitig die Jacketts ab und setzten sich. Max ließ seine Zeitung sinken und beobachtete die Männer. Valentina brachte die Karten, die diese wortlos entgegennahmen. Alle vier Männer legten ihre Smartphones vor sich auf den Tisch. Sie stöberten schweigend in den Karten bis Valentina die Bestellung aufnahm. Einer der Männer griff zu seinem Smartphone und erweckte dabei den Eindruck ungeheurer Wichtigkeit und Geschäftigkeit. Ein anderer tat dasselbe. Und genauso der dritte und der vierte. Alle Männer tippten emsig Botschaften in ihre Geräte. Max hätte während seiner Beobachtung fast die Spaghetti vergessen, die dampfend vor ihm standen. War das, was diese Männer da taten, zu verstehen? Max hörte sie nicht ein Wort miteinander wechseln. Er rollte seine Spaghetti mit Hilfe des Löffels auf die Gabel. Ja, so sollten sie schmecken – nach Nudel, Olivenöl und Knoblauch. Doch Max war nur halb bei der Sache.

„Ob die überhaupt lachen, wenigstens lächeln können?", fragte er sich. Er bestellte einen Espresso bei Valentina. „Kennen Sie die?", fragte er sie.

Valentina kicherte. „Wissen Sie, diese Herren sind ein bisschen komisch. Sie schlucken ihr Essen schweigend runter und tippen die ganze Zeit in ihre Dinger, wie heißen die?"

„Smartphones."

„Eine komische Mode", überlegte Valentina, „Wenn ich mit meiner Familie am Tisch sitze, plappern wir alle durcheinander. Na, ich werde den Herren mal die Rechnung bringen."

Die Männer bezahlten und wollten aufbrechen. „War doch ein voll gutes Mittagessen hier.", ließ sich einer vernehmen, während seine Begleiter beifällig nickten. Max hielt seinen Moment für gekommen. Er setzte sich seine rote Nase auf, trat an den Tisch der Männer und sagte:

„Ich wünsche Ihnen einen wunderschönen guten Tag. Vergessen Sie nicht, das Leben zu genießen. Es ist zu kurz, um nur zu arbeiten. Reden Sie doch einmal miteinander. Starren Sie nicht nur auf Ihre Displays. Blicken Sie um sich. Blicken Sie in die Welt. Lächeln Sie. Lächeln hilft. Glauben Sie mir."

Die Männer warfen ihre Jacketts über die Schulter und verließen das Lokal. Max konnte nicht sagen, ob er an ihnen irgendeine Regung wahrgenommen hatte. Vielleicht einen Hauch von Erstaunen, die Spur eines winzigen Lächelns. Vielleicht bildete er sich das auch nur ein und die Männer bemerkten ihn nicht oder wollten ihn übersehen.

Max nahm seine rote Nase ab. Die Menschen zu erheitern und glücklich zu machen, erwies sich als schwieriger als anfangs gedacht. „Aber", dachte sich Max, „Ich lasse mich nicht entmutigen." Er schaute aus dem Fenster. Dort stand schon wieder dieser schwarze Opel. Und wie aus dem Nichts tauchte vor ihm plötzlich der Mann mit dem beigefarbenen Mantel und dem beigefarbenen Hut auf.

„Herr Meier, toll machen Sie das!" Der Mann im beigefarbenen Mantel nahm den Hut ab und ging auf Max zu.

„Wer sind Sie?", fragte Max.

„Verzeihung, Schmidt mein Name. Ich bin der Leiter der Marketingabteilung Ihrer, das heißt, unserer gemeinsamen Versicherung. Ich muss Ihnen sagen, ich finde Ihre Idee genial. Einfach genial. Mit einer roten Nase für Aufmerksamkeit und für gute Laune sorgen, einen Identifikationspunkt schaffen. Die Versicherung mit der roten Nase – Alleinstellungsmerkmal nennt man das. Auf so eine Idee muss man erst einmal kommen. Wer die rote Nase sieht, denkt als erstes an unsere Versicherung. So ein Werbegag, ich kann Ihnen gar nicht sagen, wieviel der wert ist. Und dann noch der Slogan: ‚Lächeln hilft' – Herr Meier, wenn Sie wollen, nehme ich Sie in einer leitenden Position in unsere Marketingabteilung auf."

„Aber, aber, so war das doch alles nicht gemeint", stammelte Max, „Und außerdem, was schnüffeln Sie mir überhaupt hinterher? Was verstehen Sie schon vom Lächeln? Ein Werbegag, mehr fällt Ihnen dazu nicht ein! Das Lächeln ist ein Zeichen der Freundlichkeit. Es zeigt dem anderen: Du, ich meine es gut mit dir. Ein Lächeln drückt Wärme aus, wenn es von Herzen kommt. Ein Lächeln entkrampft Situationen. Ein Lächeln kann ermutigen. Ein Lächeln signalisiert dem anderen: Ich verstehe dich. Ein Lächeln sagt mehr als tausend Worte. Aber Sie, Sie wollen auch noch das Lächeln zu Geld machen. Wenn ich Sie höre, vergeht mir das Lächeln."

Valentina hatte die Auseinandersetzung vom Tresen aus beobachtet. „Ja", seufzte sie, „Lächeln hilft, aber manchmal auch ein Schnaps." Sie platzierte zwei Grappas auf einem Tablett und stellte sich lächelnd neben die beiden Streithähne.

Gruß

Mein Gruß zaubert ein Lächeln auf dein Gesicht.
Das Lächeln war da vorher nicht.
Wo war es denn?
Was wäre wenn...?

Was wäre, wenn wir uns schon kennen?
Du würdest nicht vorüber rennen.
Du würdest „Hallo" mir sagen.
Ich würd' dich vielleicht etwas fragen.

Wie's denn so geht, mit Frau und Kind
und Hund?
Sind denn auch alle noch gesund?
Was macht die Arbeit, klappt noch alles gut?
Ach ja, ach ja, der alte Hut ...

Mein Gruß, der kann dich lächeln machen.
Erzählst mir auch nicht all die Sachen,
nach denen ich so frag.
Ich wünsch dir einfach „Guten Tag!"

Ich möchte eine Schnecke sein

Ich habe beschlossen, mich nicht mehr zu beeilen. Wie das kam, möchte ich jetzt erzählen.

Ich bin es gewohnt, morgens rasch die Zähne zu putzen, in Windeseile zu frühstücken oder das Frühstück ganz ausfallen zu lassen, um dann im Sauseschritt zur S-Bahn zu rasen. Mit jagendem Puls springe ich in die Bahn, die schon das Warnsignal zum Schließen der Türen ertönen lässt. Beim Umsteigen von einer S-Bahn in die nächste nerven mich die Menschenmassen, weil ich nicht richtig vorwärts komme. In der Bahn stehe ich und poste schnell noch ein Paar Neuigkeiten. Beim Aussteigen blicke ich ängstlich auf meine Uhr, damit ich rechtzeitig die Stempeluhr am Eingang zu meiner Firma erreiche. Endlich angekommen, eingestempelt, mein Herz klopft. Mein Büro befindet sich im dritten Stock, ich nehme immer zwei Stufen auf einmal. Vor mir steht ein Berg von Aufgaben, Ich frage mich, wann ich das alles schaffen soll. Während der Arbeit schaue ich auf die Uhr, mir steht der Schweiß auf der Stirn. Nach der Arbeit, zu Hause angekommen, sieht es nicht besser aus. Einkaufen, putzen, Gartenarbeit, Abendbrot zubereiten, Sport und noch mal Facebook checken. Jeden Tag laufe ich wie in einem Hamsterrad.

Bis, ja bis das mit diesen Herzschmerzen anfing. Da bekam ich Angst. Angst, zum Arzt zu gehen, weil ich nicht wusste, was er herausfinden würde. Nein, nein, nein – so konnte es nicht weitergehen. Ich beschloss, bei meinem Bruder Rat zu suchen und ihn auf Hiddensee zu besuchen. Eintauchen in eine andere Welt. Der ruhige Wellenschlag der Ostsee, das Rauschen des Windes in den Dünen, die Möwenschreie und die ziehenden Wolken. Hier würde ich gern für immer bleiben. Aber ich lebe nun mal nicht auf Hiddensee, ich lebe in einer Großstadt, ich lebe in Berlin. Wie soll ich da zur Ruhe kommen, wie das Herzstechen, den jagenden Puls loswerden?

Ich sprach lange mit meinem Bruder. Seine sanfte Ausstrahlung tat mir gut. Mein Bruder riet mir: „Stell dir vor, dass du eine Schnecke bist!" Ich – eine Schnecke? Wie soll ich denn alle meine Verpflichtungen schaffen? Eine Schnecke ist langsam, sehr langsam. Mein Bruder sagte: „Die Schnecke ist schnell genug, um sich am Leben zu erhalten. Sie frisst sich in aller Ruhe durch die Blätter und Stängel eines Gartens. Sie denkt nicht darüber nach, wieviel sie noch fressen muss. Sie frisst und frisst und frisst. Das ist ihre Arbeit. Und zwischendurch ruht sie sich vom Fressen aus und lässt sich von der Sonne bescheinen.

Voller Erwartung fragte ich meinen Bruder, was das für mich bedeuten soll. – „Ganz einfach: Du darfst nicht in einem Moment schon an den nächsten denken und an den übernächsten und was du alles schaffen musst. Versuche, den Moment zu leben, den Moment zu genießen, dir Zeit für das Verweilen zu nehmen, Pausen zu machen. Lass dich – wie die Schnecke – von der Sonne bescheinen, und sei es nur deine innere Sonne. Du gehst Stück für Stück vorwärts, ohne Angst vor den großen Aufgaben. Du erlaubst dir, immer nur ein Stück des Weges zu schaffen. Du fragst dich: Was kann ich weglassen? Du fragst dich: Wofür möchte ich mir mehr Zeit nehmen? Dann setzt du dich nicht mehr unter Druck."

„Aber wie mache ich das?", fragte ich meinen Bruder.

„Denk an die Schnecke. Sage dir den ganzen Tag über: Ich möchte eine Schnecke sein."

Komisch, aber warum nicht? Ich sagte laut: „Ich möchte eine Schnecke sein." Und leise dachte ich „Oh Gott, oh Gott, dann bin ich doch viel zu langsam."

„Ich weiß, was du jetzt denkst.", lächelte mein Bruder verschmitzt. Er hatte meinen Gedanken erraten. „Weißt du", sagte er, „Der Schnelle und der Langsame haben eines gemeinsam – sie kommen beide zum Ziel."

Das Dienstjubiläum

„Nun jehn Se doch mal een Stück beiseite, sie sind doch nicht alleene hier."

Georg schob sich mit seinem großen Karton vor dem Bauch in die überfüllte U-Bahn.

„Stefan, biste ooch da?"

Der sechzehnjährige Stefan umklammerte etliche Blumensträuße, drängte sich hinter seinem Opa gerade noch in die U-Bahn, die Blumensträuße konnte er nicht rechtzeitig reinziehen, sodass sie zwischen den sich schließenden Türen steckenblieben. Die Türen gingen wieder auf, ein Mann fluchte:

„Eh Alter, pennste?"

„Pennst wohl selba", schimpfte Georg, „hast doch keene Ahnung. Dit sind meene Blumen, für vierzich Jahre schuften. Dit Krauterzeuch und die Kiste hier mit dem janzen Krimskrams, dit krichste, wenn de vierzich Jahre lang von andere Leute die Zijarettenstummel uffsammelst, de Kaujummis vonne Gehweje kratzt und den Kläffern ihre Haufen .... naja, reden wa nich davon."

„Opa, lass doch, sind doch nur noch drei Stationen. Wollen wir tauschen, ich nehme die Kiste und du die Blumen, ist vielleicht leichter für dich?" fragte Stefan.

„Jeht schon, jeht schon, meen Junge, bin ja schon wieda ruhig. Aber so een Jubiläum is eben doch aufrejend. Immer treechste annern ihrn Dreck hinterher und eenmal stehste dafür im Mittelpunkt. Und morjen früh, da stehste nich mehr im Mittelpunkt, da treechste wieder annern den Dreck hinterher."

Berliner Allee, die U-Bahn hielt und spülte Georg und Stefan mit der Menschenmenge hinaus. Die Luft war stickig, doch beim türkischen Bäcker schnupperte Stefan. „Opa, warte, ich hole mir noch schnell einen Börek."

„Ach Junge, dit Jeld kannste sparen, in der Kiste sinn noch massich Kottlets, da braten wa uns zu Hause jeder eens uff."

Georg wurden langsam die Arme schwer, aber bis nach Hause war es zum Glück nicht mehr weit. Stefan verzichtete auf seinen Börek und stapfte hinter dem Opa drein. Sie bogen in die Parkstraße ein.

„Schön sauber isset hier, fällt dir dit uff, Stefan, janz anders als in de Straßen von Kreuzberch. Da liejen de zertretnen Döner, zerfetzte Zeitungen, Kaffebecher und und und. Jeder schmeißt sein Zeuch hin, wie ihm grade is. Da kommste mitm Kehrn jar nich hinterher. Hier, bei uns, isset wenichstens noch'n bisschen bürjerlich. Oben trink'n wa erst mal'n Schnaps."

Der Weg zu dem Haus, in dem Georg wohnte, führte durch eine gepflegte Grünanlage. Das Haus war eins der mehrstöckigen Bürgerhäuser aus den zwanziger Jahren, die für Berlin-Weißensee typisch waren. Stefan schloss die Haustür auf und Georg schnaufte, als er seine Kiste in den ersten Stock vor seine Wohnung schleppte.

„So Stefan, ick mach jetzt jar nüscht mehr. Schließ ma uff, meen Junge, und denn kannste dir ma um dein alten Oppa kümman."

„Na klar Opa, ruh dich aus. Ich mach schon.", antwortete Stefan. Er stellte die Kiste auf den Kohleherd in der Küche und legte die Blumen daneben. Georg hatte sich im Wohnzimmer in den Fernsehsessel gelegt und die Augen geschlossen. Auf dem Gasherd stand ein Kessel. Stefan setzte Kaffeewasser auf.

„Stefan!", rief Georg vom Fernsehsessel aus.

„Ja, Opa, was ist denn?"

„Komm mal mit de Kiste."

Stefan stellte die Kiste auf den Wohnzimmertisch.

„So, Stefan, jetzt hol'n wa uns dit beste raus aus de Kiste, und denn sarich dir, wat ick heute noch mache. Kiek mal, da anne Seite, da müsste der Schnaps drin sein. Jawoll. Und da janz unten, unter de komischen Tischdecken und Krawatten, da liecht ne Zijarre. Die möcht ick bitte."

Stefan kramte ein wenig und beförderte eine Zigarre von außergewöhnlicher Größe ans Tageslicht.

„Wolln wa die Kotletts nich späta essen? Ick muss erst ma runtakommen. Bring mir ma'n Schnapsglas und'n Aschenbecher."

Stefan ging in die Küche, goss sich Kaffee auf, suchte aber vergeblich nach einem Schnapsglas. „Opa, wo find ich ein Schnapsglas?"

„Komm rüber Stefan, ich zeigs dir." Georg öffnete die Bar in der Schrankwand und nahm ein kelchförmiges kleines Glas heraus. „Hier, Stefan, diese zwölf Gläser, die hab ich mir von meenem ersten Lohn jekooft, die sin so alt wie heute mein Jubiläum, vierzich Jahre. Die wern alle mal dir jehörn. Noch kneifich nich'n Arsch zu, aber bis es so weit is, muss man vorsorjen. Ick mache nämlich heute mit dir meen Testament, aber erst einmal trink ich een uff meen Jubiläum. Prost."

Stefan rührte mit dem Teelöffel in der Kaffeetasse. „Aber Opa, du bist doch erst zweiundsechzig, da brauchst du doch kein Testament, das kannst du machen, wenn du achtzig bist."

„Nee. Jetz is jenau richtich, jetzt habich vierzich Jahre jearbeetet. Hier, den janzen Haushalt habe ick mir mit Oma uffjebaut. Ick will, dass alles ma in jute Hände kommt. Dit sin Werte hier, richtije Werte, dafür ham wa hart jearbeitet. Alleen de Auslechware hier im Wohnzimmer hat vierhundert March jekostet, dit sind zweehundert Euro. Stefan, tu mir den Jefalln und hol mir wat zu Schreiben. Wir schreiben von alle Sachen uff, wat se jekostet ham und wer se krieje soll."

„Aber Opa, du lebst doch, bist kerngesund. Du wirst noch ein paar Jahre arbeiten und dann deine

Rente genießen. Du brauchst wirklich noch kein Testament."

„Man kann nie wissen, wenn man dran ist, meen lieba Stefan. Du jießt mir noch'n Gläschen ein, und dann fang wa an, für dich soll ja ooch wat abfalln. Wat hältste von dit Schiffsmodell da oben uff de Schrankwand. Dit is nich in Jeld uffzuwiegen, dit hab ick mit zwanzich selba jebaut."

„Aber Opa", entgegnete Stefan, „was soll ich denn mit dem Schiffsmodell. Ich gehe nach dem Abi ein Jahr in die Staaten. Ich kann es ja nicht mitnehmen."

Georg spülte seinen Schnaps in einem Zug herunter. „Dann stellstes eben bei deinen Eltern unter. Kiek mal, wieviel wir noch kieken müssen, da könn wa uns nich üba jedet Stück so ville Jedanken machen. Wir jehn jetz die janze Wohnung durch. Also schreib uff: Schiffsmodell. Bei Wert machst'n Strich und hinten schreibste Stefan hin. So, dit Schiff is deins. Du wirst dir noch freun, wenn ick nich mehr bin."

Stefan schob die Unterlippe vor, entschloss sich, nicht weiter über das Schiff zu diskutieren und schrieb.

„Also, dit Teuaste hier in diesem Zimma is de Schrankwand. Die war direkt aus'm Möbelladen und hat viertausend March jekostet, sin zweetausend Euro. Die kricht meen Sohn, denn kanna se verkoofen. De Couch kricht Schwiejatochta, da müsste noch'n Tausender drin sein. Haste uffjeschrieben?"

Stefan schrieb, stand dann aber auf und legte Georg den Arm um die Schulter.

„Opa, sicherlich hat das alles hier einmal viel Geld gekostet. Aber heut sind die alten Sachen nichts mehr wert. Da kommt die Müllabfuhr und dann war's das. Sei nicht böse, aber das hier kauft keiner mehr."

„Meen Junge", Georg stand auf und rang nach Luft, „meen Junge, du weeßt noch nich, wat Arbeet, wat richtije, harte Arbeet bedeutet. In all diese Sachen hier steckt Schweiß. Dit Jeld liecht nich uff de Straße. Allet hat sein Wert. Dit erkennste erst, wenn de selba de Werte schaffst. De Werte verjehn nich, die bleibn, die sind da. Und deswejen vererbe ick euch allet. Und wennat nich behalten wollt, verkoofda de Sachen. Denn habta wenichstens dit Jeld. Komm Junge, wir jehn ma ins Schlafzimma, ick zeig dir wat."

Omas Bett war immer noch bezogen, darauf saß ihre Puppe, der sie sommers wie winters die passende Kleidung angezogen hatte. Neben Omas Bett stand ein kleines Schränkchen mit Puppensachen. Georg hatte sich hingekniet und zog an der Schublade vom Nachttisch. Sie klemmte.

„Warte mal Opa, lass mich mal." Stefan ruckelte ein paar Mal, da gab die Schublade nach.

„Hier Stefan, wat meenst du, wat dit is?" Georg hielt Stefan ein Büchlein in einem Pappeinband unter die Nase.

„Hast du Tagebuch geschrieben?", fragte Stefan.

„Nee, meen Junge, für sowat hatte ick jar keene Zeit. Dit is unsa Haushaltsbuch, dit letzte von vor Omas Tod, die annern habick nich uffjehoben. Aber dit is mein größtet Andenken an unsre jemeinsame Zeit. Wir war'n imma sparsam, deswejen konnt'n wa uns ooch wat leist'n. Ick hab da seit Omas Tod nich mehr rinjekuckt, ick vererb's dir nich, ick schenk's dir, meen Junge, als Andenken an Oma."

Stefan wusste nicht, was er sagen sollte. Das Buch bedeutete Opa offenbar viel. „D-d-anke", stammelte er, „danke Opa. Ich hab die Oma auch sehr lieb gehabt."

Georg schnäuzte sich. „Sie dir ooch, Oma hätte ooch jewollt, dass ihr ma allet kricht. Und jetz lass uns wieda anne Arbeet jehn." Georg begutachtete jedes Stück, den Plattenspieler, die Schallplatten, die Sammeltassen, den Diaprojektor, die Kristallteller, die Gläser, das ganze Küchengeschirr, die Tischwäsche, die Regale und Schränke, den Fernseher, die Waschmaschine, die Bettstelle, die Schränke, seine Anzüge und die Kleider seiner Frau. Nachdem sie die ganze Wohnung durchforstet hatten, schlug Georg vor: „Stefan, jetz is der Kella dran."

Stefan war schon ungeduldig. „Opa, ich muss heute noch ein Referat für morgen vorbereiten. Ich muss jetzt nach Hause."

„Na jut, Stefan, denn kommste am Wochenende wieda. Klemm dir noch'n Kotlett zwischen de Kiemen und denn ab nach Hause. Und nimm dit Buch mit."

„Ach Opa, die Koteletts kannst du einfrieren, ich hol mir doch 'n Börek an der U-Bahn. Mach's gut und danke noch mal."

„Ick danke dir, meen Junge, grüß Vata und Mutta. Ick melde mir. Tschüß."

Nachdenklich trabte Stefan zur U-Bahn, das Buch unter dem Arm. Opa musste doch wissen, dass niemand diese alten Sachen haben wollte. Aber Opa wollte eben ein Testament schreiben, da hatte Stefan ihm wohl helfen müssen. Am U-Bahnhof angekommen, marschierte er schnurstracks zum türkischen Bäcker. Bloß gut, der Börek war noch nicht aus. Stefan kaufte einen. Als er bezahlen wollte, fiel ihm das Buch herunter. Er bückte sich. Was war das? Aus dem Buch war ein Umschlag gefallen. Stefan sammelte das Buch und den Umschlag auf, bezahlte und setzte sich an einen Tisch. Er legte den Börek aus der Hand und betrachtete den Umschlag. „Notgroschen" stand darauf. Was da wohl drin sein mochte? Altes Geld? Stefan riss den Umschlag auf. Grüne Scheine. Er nahm sie heraus, zählte. Fünf grüne Scheine. Fünfhundert Euro. Richtiges Geld, ein echter Wert. „Ob Opa gewusst hat, dass das Geld in dem Buch liegt?", dachte er. „Dann hätte er es mir ja geschenkt. Aber was, wenn er es vergessen hatte? Wäre es dann richtig, ihm nichts zu sagen und das Geld zu behalten? Fünfhundert Euro – davon könnte er sich endlich ein neues Smartphone leisten. Wenn Opa das Geld vergessen hat, braucht er es vielleicht nicht. Wenn er alles vererben will, hätte ich es sowieso bekommen. Vielleicht will er mich auch auf eine Probe stellen und er hat gewusst, dass das Geld in dem Umschlag ist. Ach er hat es bestimmt vergessen. Muss ich Opa sagen, dass ich das Geld gefunden habe?"

Stefan biss von seinem Börek ab und grübelte.

Das Ostergeschenk

Oh, da leuchtet etwas rot im Gras. Fast wäre Tom darauf getreten. Ein Osterei. Seine Schwester kreischt ein Stückchen weiter. Sie findet auch etwas. Vorsichtig, um nichts zu zertreten, watet Tom über die Wiese. Auch Mutti, Vati und Oma suchen. Da, im Strauch, ein Schokoladenhase. Und was ist das? Auf einem Stein liegt etwas Viereckiges, Dunkles. Tom greift danach. Er betrachtet seinen Fund. Es ist eine Geldbörse. Tom befühlt sie. Eine richtige Börse aus glattem, weichem, dunklen Leder, das ganz leicht duftet, wenn man es direkt unter die Nase hält. Er öffnet die Geldbörse. Zwei Fächer für die Scheine, eins für das Kleingeld. Wie beneideten ihn seine Freunde, wenn er damit in der Schule auftauchte. Und im Supermarkt konnte er jetzt bezahlen wie ein Erwachsener. Na gut, dazu musste er erst einmal sehen, was sein Sparschwein hergab.

„Mutti", rief Tom, „Schau mal her, was ich gefunden habe."

„Ja, Tom, alles, was wir gefunden haben, legen wir im Wohnzimmer auf den Ostertisch und dann verteilen wir die Geschenke."

„Wieso, ich muss meine Geldbörse abgeben? Aber es ist doch meine, ich habe sie gefunden, sie gehört mir.", entrüstete sich Tom.

„Nein", antwortete die Mutti, „Wir haben gemeinsam gesucht, aber der Osterhase hat für jeden das Geschenk bestimmt und du musst abwarten, was für dich dabei ist."

Die Familie saß am Tisch. Oma bekam ein buntes Tuch, Toms Schwester freute sich über eine neue Barbie-Puppe, die Mutti öffnete eine kleine Schachtel, in der sich ein silbernes Kettchen befand und der Vati – behielt die Geldbörse. Tom saß mit vorgeschobener Unterlippe und gesenkten Augen am Tisch und wischte sich mit dem Handrücken die Nase. Das kleine Feuerwehrauto, das die Mutti ihm hinstellte, beachtete er nicht. Er fand die Geldbörse, ihm gehörte sie, wie konnte der Vati so ungerecht sein und sie selber besitzen wollen. Tom sprach nicht, er wollte auch von den bunten Eiern und den Süßigkeiten nichts essen, welche die Mutti in einen großen Korb legte.

Ein Jahr später ereignete sich eine unverhoffte Situation. Der Vater bekam nämlich zu seinem Geburtstag eine neue Geldbörse. Er räumte die Scheine, das Kleingeld und die Plastikkarten aus der alten Geldbörse aus und tat alles in die neue. „Jetzt", dachte sich Tom, „Jetzt bekomme ich endlich meine Geldbörse zurück – die dunkle, matt glänzende und leicht nach Leder duftende." Aber, statt an seinen Sohn zu denken, warf der Vater die alte Geldbörse Toms Cousin zu. Der pfiff, klappte die Börse einmal auf und wieder zusammen und ließ sie in seiner Hosentasche verschwinden.

Tom verstand nicht. Das war doch seine Börse, wieso bekam er sie nicht? Warum dachte der Vati nicht daran, wie sehnlich sich Tom diese Geldbörse wünschte? Warum dachte er nicht daran, dass sie eigentlich ihm gehörte, weil er sie zu Ostern fand? Tom stand auf, schlüpfte in seinen Anorak und ging, ohne etwas zu sagen, aus dem Haus. Er setzte sich auf sein Fahrrad und fuhr zu seiner Oma.

„Mein Junge, was bedrückt dich denn?", fragte die Oma, „Du weinst ja. Soll ich dir einen Kakao kochen und dann erzählst du mir was passiert ist?" Die

Oma brachte Tom eine Packung Papiertaschentücher und stellte Kakao auf den großen runden Küchentisch. Tom erzählte. Er erzählte von Ostern und wie der Vater die Geldbörse jetzt weiterverschenkte.

„Das finde ich auch nicht in Ordnung, Tom. Aber sei nicht mehr so traurig. Du kannst dir vom Weihnachtsmann eine eigene Geldbörse wünschen und bestimmt wird er sich deinen Wunsch genau merken. Jetzt fährst du am besten wieder nach Hause. Und morgen schreiben wird deinen Wunschzettel für den Weihnachtsmann."

„Danke Oma, bis morgen." Und mit einem fast fröhlich klingenden Tschüss verließ Tom das Haus.

Die Oma wählte die Nummer ihres Sohnes.

„Also mein Sohn, der Tom, der ist sehr traurig. Ich glaube, du hast da etwas verkehrt gemacht." Der Vater tat sehr erstaunt über die Geschichte mit der Geldbörse und wäre nie im Leben auf die Idee gekommen, seinem Sohn weh getan zu haben.

„Ich kaufe ihm gleich morgen eine neue Geldbörse.", sagte der Vater.

„Ich schlage etwas anderes vor, mein Junge. Am besten, du entschuldigst dich erst einmal bei Tom."

„Was, Oma, ein Erwachsener kann sich doch nicht bei einem Kind entschuldigen. Er muss doch zeigen, dass er ihm überlegen ist."

„Mein Junge, wenn der Erwachsene dem Kind weh getan hat, dann ist er ihm gar nicht überlegen und dann kann er sich auch entschuldigen. Und wenn der Überlegene einen Fehler macht, muss er sich auch entschuldigen. So oder so, du musst dich entschuldigen. Und das mit der neuen Geldbörse, das habe ich mit Tom schon geklärt."

„Schenkst du ihm eine neue?"

„Nein, mein Junge, du wirst schon sehn."

„Oma, ich glaube es hat geklingelt, Tom kommt. Tschüss."

„Na dann, denk noch mal nach über das Entschuldigen. Bis zum nächsten Mal."

Der Vater hatte aufgelegt.

„Na so eine Geschichte.", brummelte die Oma, „Manchmal brauchen wohl auch die Erwachsenen einen gewaltigen Nasenstüber."

Der alte Mann und sein Papagei

Vorsichtig öffnete Hans die Käfigtür, schob ein paar Weintrauben und ein Stückchen Banane in den Käfig. „Hier, mein lieber Timmy, du sollst nicht leben wie ein Hund." Timmy bedankte sich mit einem ohrenbetäubenden Kreischen. Er war sonst sehr ruhig, fast niedergedrückt. Seit seine Gefährtin Tina ihn verlassen hatte, veränderte er sich sehr. Entweder hockte er bewegungslos auf seiner Stange oder er riss sich die Brustfedern aus. Ein Papagei braucht nun mal einen zweiten, sonst ist er todunglücklich und wird sterbenskrank. Hans wusste das. Aber was sollte er tun? Er hatte kein Geld für einen zweiten Papageien. Außerdem kann man nicht jeden x-beliebigen Vogel nehmen, die zwei müssen sich aneinander gewöhnen, einander akzeptieren und zueinander passen. Wenn das nicht klappt, können sie nicht zusammen leben. Aber trennen und in einen Zoo geben? Dort hätte Timmy zwar andere Papageien um sich, aber er, Hans, wäre dann ganz allein. Nun, er würde sich zwar nicht vor Trauer die Brusthaare ausreißen, aber sein Leben wäre sehr einsam und traurig. Hans hatte keinen Menschen auf der Welt. Einst war er gesellig und lustig, viele mochten ihn, er machte Späße und war sehr gutmütig. Hans hatte es nie leicht gehabt. Er war in einem Kinderheim groß geworden. Er hatte studiert - Ingenieur für Maschinenbau. Mit den Frauen klappte es nie so, wie er es sich vorstellte. Er verlebte schöne Jahre, aber dann verließen sie ihn wegen eines anderen, alle beide. Und dann erkrankte Hans, er wurde schwer depressiv. Er kam morgens nicht mehr aus dem Bett, hatte kein Selbstvertrauen, war niedergeschlagen, sein Körper fühlte sich wie Blei an. Die Freunde wendeten sich von ihm ab, niemand konnte mit so einem Trauerkloß etwas anfangen. So kam es, dass Hans sehr einsam wurde. Die Depressionen verschwanden, aber die Freunde, die Arbeit, das Geld – alles war weg. Hans akzeptierte diesen

Zustand und lebte so dahin. Ein bisschen einkaufen, ein bisschen spazieren, fernsehen, schlafen, essen – das war sein Leben. Bis zu diesem Tag, als Timmy und Tina als Geschenk samt ihrer Voliere in sein Haus flatterten. Eine alte Dame hatte sie abgegeben, weil sie in ein Pflegeheim umzog. Jetzt hatte Hans jemanden, für den er sorgen und um den er sich kümmern konnte. Er putzte die Voliere, streute frischen Sand hinein, besorgte klares Wasser, Obst und was Papageien sonst noch mögen. Jeden Morgen begrüßten ihn seine beiden grünblau Gefiederten mit ohrenbetäubendem Kreischen. Aber Hans machte das nichts aus, Hauptsache Leben im Haus. Er war glücklich.

Doch vor ein paar Tagen starb Tina. Hans beerdigte sie im Blumenbeet vor seinem Haus. Der Verlust schmerzte ihn, aber noch mehr schmerzte ihn die Trauer von Timmy. Er litt mit ihm, weil er wusste, wie schwer es ist, einsam zu sein.

„Komm zu mir, komm auf meine Schulter, Timmy. Ich erzähle dir von meinem Leben. Ich kann dir zwar deine Tina nicht ersetzen. Aber ich kann dir auch ein guter Kamerad sein."

Und Hans erzählte und erzählte, morgens, mittags, abends. Soviel hatte er schon erlebt, soviel Freude und Leid durchlebt, so viele verschiedene Menschen kennengelernt. Doch Timmy ließ sich nicht aufheitern. Ein Papagei braucht einen Menschen zum Füttern, aber für seine Gesellschaft braucht er eben einen zweiten Papageien.

Hans überlegte, was er machen solle. Wenn sein Timmy unglücklich war, war er es auch. Schweren Herzens griff er zum Telefonhörer und wählte die Nummer des Zoos. Dort meldete sich eine freundliche Dame, die ihm sagte, dass sie noch einen Papageien im Zoo aufnehmen könnten. Er solle ihn am nächsten Vormittag vorbeibringen.

So machte sich Hans anderntags mit Timmy auf den Weg zum Zoo. „Guten Tag, wir haben miteinander telefoniert.", begrüßte die Dame Hans. Hans wunderte sich. Die freundliche Dame hatte am Telefon ganz jung geklungen und hier stand eine ältere Frau vor ihm, das graue Haar zu einem Zopf gebunden, braungebrannt mit vielen kleinen Fältchen, sehr sympathisch.

„Warten Sie, ich nehme Ihnen den Vogel ab. Wir bringen ihn gemeinsam in die Voliere, dann können Sie sehen, wo ihr guter Freund von nun an lebt.", sagte die Dame.

„Ich bin sehr traurig", sagte Hans, „die Partnerin von Timmy ist gestorben. Dann wollte ich sein Freund sein und habe ihm mein ganzes Leben erzählt. Ich habe mich nicht einsam gefühlt, denn ich hatte ja jemanden zum Erzählen. Aber er hat sich einsam gefühlt ohne seine Tina und das konnte ich nicht ertragen. Jetzt fliegt er wieder unter anderen Papageien. Aber ich habe niemanden mehr zum Erzählen."

„Kommen Sie mein Herr, wir gehen in die Cafeteria", sagte die Dame, „erzählen sie mir von Ihrem Leben. Ich würde Ihnen gern zuhören. Und wenn Sie mögen, besuchen Sie in Zukunft nicht nur Ihren Timmy hier im Zoo, sondern auch mich. Und wenn Sie mir ganz viel erzählt haben und ich sie ein bisschen kenne, wer weiß, ob ich Sie dann auch einmal besuche?"

Die Biene – oder: Was wir alles nicht wissen

Gerade komme ich von meiner Arbeit und setze mich in meinen Garten. Ich habe mir Kaffee gekocht. Auf dem Tisch steht eine Vase mit einer prächtigen rosafarbenen Rosenblüte. Während ich in die Sonne blinzele und meinen Kaffee schlürfe, höre ich ein zartes Summen. Etwas schwirrt über dem Tisch. „Oh, eine Biene.", denke ich. Die Biene setzt sich auf die Blüte. Ich betrachte sie, wie sie auf der Blüte herumkrabbelt. Da kommt mir eine Unterhaltung mit meinem Vater in den Sinn.

Ich muss damals so zehn Jahre alt gewesen sein. Wir wanderten im Spätsommer durch den Wald, die Heide blühte schon. Über der Heide klang ein Summen und Brummen.

„Papa, schau mal, die vielen Bienen! Papa, stell dir mal vor, du triffst jemanden, der noch nie eine Biene gesehen hat. Wie erklärst du ihm, was eine Biene ist."

„Na, du stellst Fragen, Jana. Was eine Biene ist? Das weiß doch jedes Kind.", antwortete mein Vater, „Aber ich will es versuchen. Also, eine Biene ist ein kleines Tier, größer als eine Wespe, kleiner als eine Hummel, schwarz-gelb-gestreift, fliegt von Blüte zu Blüte, summt und macht Honig."

„Ja, aber, gibt es nicht auch große und kleine Bienen?", fragte ich meinen Vater.

„Das weiß ich nicht."

„Und sind alle Bienen schwarz-gelb-gestreift oder gibt es auch schwarz-weiße, ganz gelbe oder schwarze?"

„Hab ich noch nie gesehen, aber ehrlich gesagt – ich weiß es nicht."

„Und wo haben Bienen ihren Bienenstock?"

„In einem Imkerwagen."

„Und was ist ein Imkerwagen?"

„Ein Imker ist ein Bienenzüchter und er hat einen Wagen so groß wie ein Zirkuswagen und darin wohnen die Bienenvölker."

„Na, wenigstens das weißt du, Papa. – Und was ist ein Bienenvolk?"

„Ach Jana, lass dir das von einem Imker erklären."

„Aber du weißt doch bestimmt, wieviel eine Biene am Tag fliegt, also wie lange und welche Entfernung?"

„Die Frage habe ich mir noch nie gestellt." Mein Vater kratzte sich am linken Ohr. Das tat er immer, wenn er ungeduldig wurde.

„Jana, dir fallen bestimmt noch hundert Fragen über die Biene ein."

„Na klar, Papa. Weißt du zum Beispiel, wie die Biene die Blüten findet, ob sie sie sieht oder riecht? Und in welcher Blüte Nektar ist und welche schon ausgetrunken ist? Oder wieviel Bienen müssen wie lange für ein Glas Honig arbeiten? Wie lange lebt eine Biene? Können Bienen sich untereinander verständigen? Warum stechen Bienen? Und was machen die Bienen im Herbst und im Winter?"

„Ach Jana...." Jetzt kratzte mein Vater sich auch das rechte Ohr. „Ich kann es dir wirklich nicht sagen."

„Also Papa, du sagst, du weißt, was eine Biene ist, aber in Wirklichkeit weißt du es nicht. Du weißt nämlich fast nichts über Bienen."

Die Biene, die eben noch auf der Rose auf meinem Gartentisch krabbelte, war davon geschwirrt. Ich erinnere mich gern daran, wie ich meinem Vater Löcher in den Bauch fragte. Aber er beließ es nicht dabei, nichts zu wissen. Nach dem Gespräch über die Biene ging er mit mir zu einem Imker. Oder ich fragte ihn, was ein Tisch oder Stuhl seien. Er nahm mich mit zu einem Tischler. Bis heute erscheint mir die Welt voller Rätsel. Was ist ein Haus? Oder was ist das Meer? Oder was ist ein Computer? Uns begegnen so viele Dinge, von denen wir glauben, wir kennen sie und wüssten, was sie sind. In Wirklichkeit wissen wir fast nichts. Aber das ist auch nicht schlecht. Denn dann gibt es noch viel zu entdecken. Meinen Kaffee habe ich inzwischen ausgetrunken. Ich gieße mir noch einen Schluck nach. Was ist eigentlich Kaffee?

Wieder

Wieder wird es wärmer.
Wieder stecken die Schneeglöckchen ihre weißen Köpfe hervor.
Wieder gehe ich freudiger in den Tag.
Wieder hoffe ich auf mehr Sonne.

Wieder ist er da, der Frühling.
Wieder, so wie jedes Jahr.
Wieder sprießen grüne Spitzen.
Wieder ist die Luft so klar.

Wieder toben Kinder draußen.
Wieder zerzaust der Frühlingswind mein Haar.
Wieder fühle ich mehr Kraft in mir.
Wieder hoffe ich, dass die Sorgen schwinden.

Wieder spüre ich die Liebe stärker als sonst.
Wieder nehme ich dich einmal mehr in den Arm.
Wieder freue ich mich, dass es dich gibt.
Wieder hör ich es gern, dass du mich liebst.

Der dreizehnte Monat

Lange schon hatte er auf einem Felsen im Gebirge gesessen und nachgedacht. Er hatte nachgedacht, wie er heißen sollte. Sven, Lars, Marko, Miriam, Klara, Laura – das waren alles schöne Menschennamen, aber doch keine Monatsnamen. Er war der dreizehnte Monat, etwas ganz Besonderes. Deswegen brauchte er einen besonderen Namen. Vielleicht nach einem Baum oder einer Blume. Lindrian, Birkan, Rosor, Tulpian oder Kastanior? Der Name müsste zu der Jahreszeit passen, der er sich zugesellen wollte. Er liebte den Herbst. Lange schon irrte er durch die Welt, weil er nirgendwo hineinpassen wollte. Vielleicht könnte er ein Herbstmonat werden. Dann würde er sich Kastanior nennen. Die Kastanien lagen ihm sehr am Herzen. Vor Jahren färbten sich ihre Blätter im Herbst langsam gelb bis die Kastanienbäume Ende Oktober golden erstrahlten. Ende September kullerten säckeweise dicke, braune Kastanien aus den grüngelben aufgeplatzten Stachelschalen. Langsam fiel Blatt um Blatt, bis die Bäume im November endlich kahl waren. Bunt sind schon die Wälder ... hieß es in einem alten Herbstlied. Die Wälder allerdings färbten sich schon seit ein paar Jahren nicht mehr bunt. Ende August begannen die Blätter braun zu werden und zu welken. Kein farbenprächtiger Herbst erfreute das Auge, nur noch braune, welke Blätter, wohin man sah. Mit den Kastanien hatte das angefangen. Und weil der dreizehnte Monat nun so traurig über die welken Kastanienbäume war, beschloss er, seinen Platz im Herbst zu suchen und sich Kastanior zu nennen. Er wünschte sich von ganzem Herzen, dass die Kastanien im Herbst wieder so golden erstrahlten wie noch vor ein paar Jahren. Er musste September und Oktober überzeugen, ihm einen Platz in ihrer Mitte zu lassen. Wenn die Kastanien einen zusätzlichen Monat Zeit hätten, sich auf den Winter vorzubereiten, vielleicht würde es ihnen dann gelingen, das braune Welken aufzuhalten, ganz langsam von Grün in Gelb zu wechseln und in aller Stille und Bedachtsamkeit ihr herbstliches Kleid abzulegen.

Gerade war der zwanzigste August. Kastanior machte sich auf von seinem Felsen, um den August in einem schönen Sommergarten aufzusuchen. Von ihm wollte er sich einen Rat holen, wie er September und

Oktober davon überzeugen sollte, ihm einen Platz in ihrer Mitte zu lassen. Kastanior wanderte über Stock und Stein, durch den Wald, vorbei an Wiesen und Feldern, bis er zu einem herrlichen Garten mit Rosen, Rittersporn, Fingerhut, Klatschmohn und vielen anderen farbenprächtigen Blüten kam. In dem Garten stand eine kleine Laube. Kastanior klopfte vorsichtig. Es öffnete niemand. Leise drückte er die Klinke. Die Tür gab nach und Kastanior trat auf leisen Sohlen ein. Er stand in einem kleinen Zimmer, in dessen Ecke ein Sofa stand, auf dem ein kleiner, flachsblonder Junge schlief. Kastanior blickte sich um. Außer dem Jungen war niemand zu sehen. Sollte das der August sein? Kastanior rief leise seinen Namen. Der Junge räkelte sich und rieb sich verschlafen die Augen.

„Bist du der August?", fragte Kastanior.

„Der bin ich. Und wer bist du?" „Ich bin Kastanior, der dreizehnte Monat."

„Dreizehnter Monat?", wunderte sich August, „So ein Unsinn, dich gibt es doch gar nicht."

„Ich sitze doch aber hier vor dir, du siehst mich doch, also gibt es mich."

„Ja, aber du hast doch gar keinen Platz, das Jahr hat nur zwölf Monate. So hat alles seine Ordnung. Ein dreizehnter Monat würde das ganze Jahr durcheinander bringen."

Kastanior entgegnete: „Das Jahr ist doch schon durcheinander gebracht. Zu Weihnachten ist es warm wie im Frühling. Den Frühling gibt es schon fast gar nicht mehr. Wenn der Winter zu Ende ist, fühlt es sich zwei, drei Wochen ein wenig wärmer an und schon kommt der Sommer. Der Sommer bringt so heiße Tage, dass die Menschen sie kaum noch ertragen können. Und schon zum Ende des Sommers beginnen die Blätter zu welken und von den Bäumen zu rieseln. Die Wälder färben sich nicht mehr bunt, alles wird braun und hässlich. So durcheinander ist das Jahr. Vielleicht kann ich, als dreizehnter Monat, das wieder in Ordnung bringen. Wenn die Natur einen Monat länger Zeit hat zu erblühen, zu wachsen, zu gedeihen und langsam, ganz langsam wieder zu vergehen und in den wohlverdienten Winterschlaf zu fallen, vielleicht wird dann wieder alles gut?"

„Ich weiß es nicht." Der August runzelte die Stirn.

„Wollen wir es nicht wenigstens mal versuchen?", fragte Kastanior.

„Versuchen können wir es ja, auch wenn ich es mir nicht vorstellen kann."

„Legst du ein gutes Wort für mich ein bei September und Oktober?", bat Kastanior.

„Das wird nicht genügen. Wenn das Jahr dreizehn Monate haben soll, dann müssen wir auch zu zwölft – oder mit dir zusammen zu dreizehnt – beraten und abstimmen. Ich werde eine Vollversammlung einberufen. Ich lade alle Monate in meinen Garten ein. Ich denke, in einer Woche können wir uns treffen."

Nach einer Woche kam August wieder in seinen Garten mit den anderen elf Monaten im Schlepptau. Der dicke Dezember kam als erster zur Gartenpforte herein. „Puh, ist es hier heiß", stöhnte er. „Dann nimm doch mal deine Pudelmütze ab.", wisperte hinter ihm der März. Januar und Februar gingen Hand in Hand, sie glichen sich fast wie Zwillinge. April war ein junges Mädchen, das immerfort heulte und schniefte. Trotzdem hatte sich der November ein bisschen in sie verliebt. Während er langsam grau wurde und auch immerfort heulen musste, erblühte April zu einer wahren Schönheit, die aber noch von Mai und Juni übertroffen wurde. Mai war eine schlanke, junge Dame mit weißblonden langen Haaren und Juni, ebenso zart und anmutig, mit feuerroten Locken. Juli, ein Mann in den Vierzigern, in der Blüte seiner Jahre, schaute ihnen oft wehmütig hinterher. Mai und Juni mochten ihn zwar, aber seine Geliebte wollte keine von beiden werden. Die stämmige Magd mit der Heugabel in der Hand und der Bauer mit der Mistgabel, das waren September und Oktober. Mit ihnen also musste sich Kastanior vor allem gut stellen.

August eröffnete die Versammlung. „Ihr lieben Monate, das ist der Kastanior. Er möchte als dreizehnter Monat in unseren Kreis eintreten." Und dann erzählte August, dass das ganze Jahr durcheinander geraten war und dass Kastanior helfen könnte, es zu retten und die Ordnung wieder herzustellen. „Am besten, wir lassen ihn selbst sprechen." Und dann redete Kastanior, wie das Jahr durcheinandergebracht wurde, wie die Kastanien und die anderen Bäume welkten, wie die Winter zu warm und die Sommer zu heiß wurden. Die zwölf Monate hörten andächtig zu. Dann meldete sich November zu Wort: „Du magst zwar Recht haben, das Jahr ist durcheinander gebracht. Aber du als dreizehnter Monat bringst es doch nur noch mehr durcheinander. Egal, zwischen welche Monate du trittst, jede Jahreszeit wird zu lang werden." „Aber", warf der Januar ein, „Wenn nun der Winter länger wird, hat die Natur mehr Zeit, sich auszuruhen und neue Kraft zu schöpfen." „Der Frühling könnte auch noch einen Monat gebrauchen.", sagte März, „Die Blüten vergehen viel zu schnell, die Pflanzen recken und strecken sich nicht mehr langsam, alles schießt empor, um in Windeseile wieder zu verblühen." Juli gab zu bedenken: „Der Sommer mit seiner Hitze ist lang genug. Die Menschen stöhnen. Wir brauchen keinen neuen Monat." Der dreizehnte Monat erinnerte: „Ich heiße doch Kastanior. Ich habe meinen Platz im Herbst. Der Herbst braucht Zeit und Muße, damit die Blätter in Ruhe rot und gelb werden können, damit die Kinder bunte Herbststräuße sammeln können und damit die Menschen sich an der Farbenpracht des Herbstes erfreuen können. Was meint ihr, September und Oktober, gehöre ich nicht zu euch?" Die Magd September stützte sich auf ihre Heugabel und wiegte den grauen Kopf mit dem dicken Haarknoten. „Eigentlich wäre es schön, wenn wir dich in unsere Mitte aufnehmen könnten, oder was meinst du, Oktober?" Der nickte bedächtig. „Wir sind auch oft schon sehr traurig gewesen, dass der Herbst in den letzten Jahren nur noch ein Dahinwelken ist und uns nicht mehr durch seine Buntheit erfreut. Besonders die Kastanien tun uns Leid. Wenn du jetzt kommst, Kastanior, wird der Herbst bestimmt wieder zu einer Freude für die Menschen und die Natur. Und wenn die Bäume im Herbst mehr Zeit haben, sich auf den Winter vorzubereiten, werden sie sicher im Frühling umso strahlender erblühen und im Sommer umso kräftigere Früchte entwickeln. Dann werden die Früchte der Kastanie nicht mehr so klein und murklig wie jetzt, sondern wieder groß und dick und prall. Komm September, nehmen wir Kastanior in unsere Mitte." Oktober und September hakten Kastanior rechts und links unter. „Wir müssen aber noch abstimmen.", rief August. „Wer ist dafür, das Kastanior als dreizehnter Monat aufgenommen wird?" Elf Monate hoben sofort die Hand, nach kurzem Zögern auch April, die nur vor lauter Schluchzen vergessen hatte, die Hand zu heben. Kastanior machte einen Luftsprung und jauchzte. „Ich danke euch, ihr lieben Monate, dass ihr mich aufnehmt. Ich werde bestimmt ein guter Monat sein, das Jahr kommt mit mir – mit unser aller Kraft – wieder in Ordnung." August erklärte die Versammlung für aufgelöst, wünschte allen einen guten Tag. Die Monate schritten durch die Gartenpforte hinaus, Kastanior Arm in Arm mit September und Oktober.

Herbst

Nicht nur ein Vergehen.
Auch ein Werden.
Aus vergehendem Leben
Wird Neues wachsen.

Sonne verbrennt nicht.
Sie leuchtet mit mildem Strahl.
Mit wärmender Kühle
Streichelt der Wind mein Gesicht.

Kürzere Tage.
Der Schlaf wird länger und tiefer.
In Träumen schwelgend
Schweben von der Nacht in den Tag.

Blätter fallen, Nebel wallen.
Leise raschelt Laub.
Erde darunter atmet.
Herbstzeitlose recken sich ins Licht.

Langsam, langsam kriecht die Kälte
Unter die Haut.
Bald bedeckt Schnee das Laub.
Das Jahr neigt sich dem Ende.
Wird es ein neues sein?

Der Sorgenfresser

Als ich vierzig wurde, drückte mir meine Mutter am Geburtstagsmorgen ein kleines, weiches Päckchen in die Hand. Was wohl darin sein mochte? Neugierig löste ich das Geschenkband. „Vorsichtig sein", rief meine Mutter. Behutsam nestelte ich an dem Geschenkpapier. Zum Vorschein kam ein kleiner schwarzer Kopf mit Knopfaugen und einem weitaufgerissenen, roten Maul. Kein Hals, kein Rumpf, keine Arme, keine Hände, keine Beine, keine Füße, einfach nur ein Kopf. Ein Kopf mit diesem Maul. Aus dem Maul purzelte etwas Glänzendes. Ein goldener Ring. Sofort kamen mir die Tränen. Das war nicht irgendein Ring. Der hätte mich auch nicht zu Tränen gerührt, da ich sowieso kaum Schmuck trage. Nein, es war der Ring, den meine Mutter trug, solange ich mich erinnern kann. Ein schmaler Ring mit einem zarten Diamanten bekrönt. Meine Mutter wiederum hatte ihn von ihrer leiblichen

Mutter geerbt, die sie nie kennenlernte, weil sie kurz nach ihrer Geburt verstorben war. So trafen sich in diesem Ring drei Generationen. Dieser Ring ist ein Symbol für das, was meine Mutter mir für mein Leben mitgegeben hat – Schönes, aber auch Schweres. Ich hatte eine behütete sorgenfreie Kindheit, auch wenn meine Eltern es oft miteinander nicht leicht gehabt haben und auch, wenn ich schon sehr früh ein sehr nachdenkliches Kind war. Die Sorgen, die Sorgen kamen dann erst mit dem Erwachsenwerden. Ja, und nun war da an meinem Geburtstag nicht nur dieser wunderbare Ring, sondern auch ein kleiner Sorgenfresser. Ich mache mir das Leben oft schwer, nehme das Leben schwer, mache mir viele, zu viele Gedanken. Die Vorstellung, dass es ein kleines Wesen gibt, das alle Sorgen einfach auffrisst, gefällt mir. „Sorgenfresser", den Namen finde ich einfach lustig. Mir fällt es schwer, jeden Morgen mit einem Lächeln in den Tag zu gehen und vielleicht das eine oder andere auch mit Humor zu nehmen. Im Laufe der Jahre bin ich sehr ernst geworden, oft auch traurig. Der kleine Sorgenfresser sieht lustig aus mit seinem aufgerissenen Maul, das nur so nach Sorgen schreit. Als Kind hörte ich einmal in der Kirche einen Spruch, der mich bis heute sehr befremdet. Er besagte ungefähr soviel, dass der Mensch sich nicht sorgen solle, denn er müsste sich ja nur einmal die Blumen auf dem Feld oder die Vögel unter dem Himmel anschauen. Die Blumen sind wunderbar geschmückt, ohne dass sie etwas dazutun müssten und die Vögel würden nicht einen dummen Gedanken an ihr Wohlergehen verschwenden, da der liebe Gott schon genügend für sie sorge. Aber im Gegensatz zu Blumen und Vögeln ist die Existenz des Menschen unsicher und bedroht, vor allem ist er sich seiner Unsicherheit und Bedrohtheit bewusst. Sowohl die Existenz des Individuums als auch die Existenz ganzer Staaten und Völker, ja der ganzen Menschheit ist unsicher und bedroht. In dieser Situation belastet die Sorge, aber sie hilft auch. Die Sorge belastet, weil sie das Schwere noch schwerer macht, weil sie der Last der Gegenwart die Last der Zukunft hinzufügt. Die Sorge hilft aber auch, weil sie uns antreibt, das Schwere zu überwinden, es leichter zu machen. Und mit der Überwindung von Schwierigkeiten schwindet auch die Sorge. Leider ist das leichter gesagt als getan. Die größte Sorge ist die Sorge um das Leben selbst. Krankheit, Alter und Hunger blicken dem Tod entgegen. Die Sorge vor dem Tod ist das eine. Die Sorge um ein lebenswertes Leben, ein Leben, das es wert ist, gelebt zu werden, ist das andere. Sicher gibt es die Weisheit: „Irgendwie geht es immer weiter." Aber wie geht es in einer Wohnung ohne Strom und Gas weiter, wie bei einem Leben auf der Straße, wie bei einem Leben unter Schmerzen oder auch: Wie geht es weiter bei einem Leben ohne eine sinnerfüllende Beschäftigung, ohne Ziele, ein Leben, bei dem man nur so dahin vegetiert? Ja, bei all diesen Sorgen kann man wirklich einen Sorgenfresser gebrauchen. Einen, der vielleicht nur für einen Tag, nur für eine Woche die Sorgen wegfrisst, der einem ein Lächeln, gar ein Lachen ins Gesicht zaubert. Der irgendetwas bringt, woran man so viel Freude hat, dass man seine Sorgen für einen Moment vergessen kann. Für manche ist Gott der Sorgenfresser, die Klagemauer, der innere Rückzugsort. Aber auch Gott bleibt stumm, wenn ihn nicht der Nachbar, der Freund, der Pastor, der Kollege, der Ehemann oder die Ehefrau zum Leben erweckt. Ein gemeinsames Gebet, ein Gespräch, vielleicht auch gemeinsames Schweigen oder Spazierengehen, können die Sorgen vielleicht nicht vertreiben, aber sie ein bisschen erträglicher machen. Ich habe meinen kleinen Sorgenfresser in die Vitrine meiner Schrankwand gestellt. Dort erinnert er mich immer an meine Mutter. Sie hat mir gesagt: „Wenn du glaubst, du kannst etwas nicht und du dir etwas nicht zutraust, dann stellst du dich vor den Spiegel und sagst dir: Du schaffst das." Ich weiß, ich zweifle viel zu viel an mir selbst, habe zu wenig Selbstvertrauen. Aber manchmal versuche ich mir zu sagen, dass ich dieses oder jenes schaffe und manchmal ist es mir auch schon gelungen.

Der Joghurt

Eigentlich hatte ich nicht vor, die Ossi-Wessi-Debatte aufzuwärmen. Aber ein Erlebnis möchte ich doch erzählen.

Kurz nach dem Mauerfall setzte ich mich mit meinem Bruder in einen der völlig überfüllten Züge gen Westen. Wir fuhren ins Schwabenländle zu einer befreundeten Familie meiner Eltern. Wir wurden herzlich empfangen, durften das schmucke Eigenheim, die Limousine für den Hausherrn und den Kleinwagen für die Hausfrau bewundern. Nebenbei ließen wir uns fürstlich bewirten. Da ich es gewohnt bin, mir nicht alles vorsetzen zu lassen, bot ich mich an einzukaufen. Es wurde jeden Tag frisch eingekauft. Eines Tages sollte ich Joghurt holen. Frohen Mutes machte ich mich auf den Weg zum Supermarkt, der bei uns Kaufhalle hieß. Ich durchkämmte das Geschäft, bis ich vor dem Regal mit den Joghurts stand. Wunderbar, Himbeere-Sahne, der schmeckte bestimmt. Aber daneben entdeckte ich einen halb so großen Becher. Vielleicht mochte die Familie kleinere Portionen? Ich dachte mir, die Hausfrau achtete auf ihre Figur. Also – fettarmer Joghurt. Sollte ich nun für alle die gleichen Joghurts kaufen oder für jeden einen anderen? Ich schaute mich um. Da gab es Joghurts mit Brombeere, mit Holunder, Heidelbeere mit Panacotta, Joghurts mit Pfirsich, mit Vanillegeschmack, Naturjoghurt, welchen mit Knusperflocken, mit Kirschen, mit Schokolade und, und, und. Aber die Familie denkt ökologisch, mein Blick heftete sich auf ein Pfandglas mit Vanille oder Natur im Angebot. Ob die das mochten? Ich stand vor dem Regal und wusste nicht weiter. Was sollte ich sagen?

Zurückgekehrt mit leeren Händen log ich: „Joghurt war heute schon aus."

„Was, schon aus?" Die Hausfrau schaute mich ungläubig an. „Das ist ja wie im Osten. So ein Quatsch, das gab's noch nie. Bestimmt hast du nicht richtig geguckt und bist am Joghurtregal vorbeigegangen. Dann muss ich wohl selber noch mal los."

„Nnnnein", stammelte ich und erzählte ihr die ganze Geschichte.

„Na, dass ihr Ossis hinterm Mond lebt, haben wir uns schon immer gedacht. Aber dass ihr nicht mal einkaufen könnt – ich glaub's nicht. Bloß gut, dass es bei euch da drüben nichts gab."

Mir stand der Mund offen. Doch dann konterte ich.

„Mag sein, dass in euren Regalen viel steckt. Aber bei uns steckt wenigstens was in den Köpfen. Und wenn in euern auch etwas stecken würde, dann hättet ihr mal über den Ramsch in euren Regalen nachgedacht."

„Was ist denn hier los, geht der kalte Krieg weiter?" Mein Bruder schaute um die Ecke, er hatte den Streit mit angehört. Er stellte sich zwischen die Hausfrau und mich und legte seine Arme um unsere Schultern.

„Wenn es zu wenig gibt, sind die Menschen unzufrieden. Wenn es zu viel gibt, sind sie überfordert oder stumpfen ab. Die Lösung ist: Jeder muss für sich das richtige Maß finden. Jeder muss selbst herausfinden, was er braucht und wie viel. Wenn einen der Überfluss erschlägt, muss man überlegen, was man möchte. Wenn du zum Beispiel naturreinen Joghurt kaufen möchtest, dann suchst du nur danach. Doch alles, was man möchte, gibt es nicht. Deswegen muss man auch verzichten lernen oder nach anderen Lösungen suchen."

„Entschuldige.", sage ich zur Hausfrau, „dann verrate mir mal deinen Lieblingsjoghurt."

„Banane.", presste sie hervor. „Wollen wir vielleicht zusammen Joghurt holen?", schlug sie vor.

Also, das sollte mir nicht noch einmal passieren. Ich würde wohl auch allein einkaufen können. Aber – sie hat zumindest ihren guten Willen gezeigt.

Die alte Lehrerin

Sie räumte die leeren Sektgläser aufs Tablett, stellte die Teller aufeinander und suchte die letzten belegten Brötchen zusammen, um sie auf eine Platte zu legen. Dabei summte sie leise vor sich hin. Das waren also die Überreste ihres letzten Tages als Lehrerin. Als Lehrerin an ihrer geliebten Humboldt-Schule. Lehrerin, das war der Beruf, den Hannah sich schon als Zwölfjährige gewünscht hatte. Weil sie ihre Deutschlehrerin bewundert hatte. Frau Lenz hieß sie. Frau Lenz ging auf alle Fragen ihrer Schüler ein. Und Hannah hatte viele Fragen. Zum Beispiel, wovon die Dichter, die so großartige Werke schreiben, eigentlich leben. Oder ob die Literatur etwas in der Welt bewirken kann. Oder seit wann es Buchläden gab. Oder ob ein guter Schriftsteller auch immer ein guter Mensch sein muss. Oder, oder, oder. Frau Lenz war auch Hannahs Klassenlehrerin. Sie interessierte sich für die großen und kleinen Sorgen ihrer Schüler. Ob sie ein Pausenbrot mit in die Schule brachten, ob sie ausgeschlafen hatten, wie ihr Notenstand war, ob sie sich mit ihren Eltern verstanden oder was einmal aus ihnen werden sollte. So wie Frau Lenz, so hatte Hannah werden wollen. Ob es ihr gelungen war? Hannah nahm das Tablett mit den Tellern und den Gläsern und trug es in die Teeküche. Dort stand Uwe, der Zwei-Meter-Mann mit dem Bürstenhaarschnitt, immer gut gelaunt, dreißig Jahre jünger als Hanna und nippte an einem Kaffee. „Na Hannah, du denkst wohl, ich warte hier schon auf den Abwasch. Komm, wir machen das schnell zusammen. Und, wie ist dir so an deinem letzten Tag? Freust du dich auf die Rente?"

„Ach Uwe, wenn ich das in einem Satz sagen könnte. Das heute ist kein leichter Tag für mich. Ich mach mir auch einen Kaffee. Lass uns noch einen Moment ins Lehrerzimmer setzen. Ich muss die ganze Situation erst einmal verdauen. Der Abwasch läuft nicht weg." Hannah fuhr sich durch das graue, kurzgeschnittene Haar und schob ihre Brille hoch. Trotz ihrer fünfundsechzig Jahre hielt sie sich kerzengrade und sportlich. Sie holte sich eine Kaffeetasse aus dem Schrank und wartete, dass das Wasser im Kocher heiß wurde. „Ja, das wird mir auch fehlen, jeden Tag mit den Kollegen einen Kaffee zu trinken und über dies und das zu plauschen.", seufzte Hannah.

„Du redest ja, als wäre mit dem Lehrerdasein das Leben zu Ende.", entgegnete Uwe. „Komm, ich gieß dir deinen Kaffee auf. Ich nehme die Tassen. Tu du noch ein paar Kekse auf den Teller und halt die Türen auf." Sie gingen ins Lehrerzimmer und setzten sich einander gegenüber an den Tisch. Hannah wischte ein paar Krümel vom Tischtuch und stützte nachdenklich den Kopf in die Hände. „Ein bisschen ist es auch, als wäre das Leben zu Ende. Lehrerin sein, das war meine Lebensaufgabe. Nicht nur ein Job, nicht nur Broterwerb. Ich war immer mit dem Herzen dabei, wollte, dass meine Schüler ihren Weg ins Leben finden, ihrem Dasein einen Sinn geben und einen nützlichen Beitrag für die Gesellschaft leisten. Lehrerin sein, das heißt für mich auch, politisch und sozial zu denken. Du bist jung, Uwe, du siehst das wahrscheinlich alles ganz anders."

Uwe räusperte sich, trank einen Schluck Kaffee. „Was soll ich sagen, du gehörst ja noch zur Achtundsechziger Generation mit Ostermärschen, Kapitalkursen, gegen den autoritären Mief in den Bildungsanstalten und gegen Atomwaffen. Die Zeiten sind unpolitisch geworden seit damals. Heute teilen sich die

Schüler auf Facebook mit, in wessen Bett sie welcher Krümel gepiekt hat oder welcher Nagellack gerade in oder out ist. Damit ändern sich auch die Aufgaben der Lehrer. Man kann den Schülern halt nichts aufdrängen. Sicher könnte man jetzt philosophieren. Ich weiß ja, du liebst das. Ich habe einen anderen Vorschlag. Komm einfach mit." Uwe stand auf und nahm Hannah beim Arm. Sie gingen über den langen Flur vorbei an den Vitrinen mit Flugzeug- und Schiffsmodellen. „Komm, wir gehen noch ein Stockwerk höher.", forderte Uwe Hannah auf. In einer Nische vor dem nächsten Flur stand die Büste Wilhelm von Humboldts. Hannah hatte stets für frische Blumen gesorgt. Die jetzt dort standen, fingen bereits an zu welken. „Ich habe immer darauf geachtet, dass meine Schüler wissen, wer der Namenspatron dieser Schule ist.", sagte Hannah, „Ich wollte, dass sie seine Werte weitertragen – die Einzigartigkeit jedes Menschen, den Wert von Erziehung und Bildung, die Anteilnahme an der Entwicklung von Staat und Gesellschaft." „Ja", entgegnete Uwe, „das sind alles hochgesteckte Ideale. Aber deine Schüler sind aus Fleisch und Blut, sie haben ihre alltäglichen Sorgen und Nöte und sie verhalten sich ganz alltäglich. Hier, das wollte ich dir zeigen." Uwe wies auf die Bildergalerie an den Wänden des Flures. Selbstporträts. Uwe blieb stehen. „Hannah, du kennst die Bilder. Ich wollte dich zum Abschied erinnern. Hier, schau mal, Jessica." Hannah und Uwe standen vor einem Porträt, das ein grell geschminktes Mädchen zeigte, es hatte den Kopf auf die verschränkten Finger gestützt, die Finger waren mit langen, bunten Nägeln bestückt. „Ich verstehe dich schon, Uwe, wenn du sagst, dass man den Schülern nichts aufdrängen darf. Jessica war schwierig. Sie schminkte sich im Unterricht, hatte ständig das Smartphone unter der Bank. Ich zweifle, dass viel von dem angekommen ist, was ich ihr nahebringen wollte. Trotzdem habe ich meine Grundsätze auch bei ihr nicht verlassen. Die Schule ist dazu da, den Schülern die Welt zu zeigen, wie sie sie von sich aus nicht sehen. Die Schule muss den Schülern eine vergangene Welt zeigen, weil wir das Vergangene verstehen lernen müssen, um das Gegenwärtige zu begreifen. Und sie muss versuchen, den Schülern in der Gegenwart Seiten der Welt zu zeigen, die sie nicht kennen. Auf die Vielseitigkeit in der Betrachtung kommt es an, dann gibt es auch vielseitige Möglichkeiten, sich zu entwickeln und zu handeln. Darum habe ich mich auch bei Jessica bemüht." Uwe war langsam zum nächsten Bild geschlendert: „Hier, den Namen von diesem Jungen vergesse ich immer. Ich weiß nur, dass er sehr ruhig ist und in der Pause immer ein großes Paket mit dicken Nutellabroten verputzt." „Ja, das ist mir auch oft aufgefallen.", antwortete Hannah. „Aykut heißt der Junge. Er hat noch vier kleinere Geschwister. Sie wohnen alle in einem Zimmer. Von Arbeitsplatz, Ordnung, Hausaufgaben, Interesse für die Schule kann da keine Rede sein. Aber Aykut hat ein Tablet, mit dem er ständig auf Facebook kommuniziert. Er hat es mir einmal gezeigt. Ich finde diesen Vormarsch der elektronischen Kommunikation bedenklich, weil er die reale Kommunikation zerstört."

„Ich kann dich verstehen, Hannah", entgegnete Uwe, „doch warum sollte man die Facebook-Generation umkrempeln, sie politisieren oder sozialisieren? Aykut zum Beispiel, der wird nie eine Ausbildung machen, der wird immer nur mit seinesgleichen kommunizieren, der muss nur lernen, wie man einen Antrag auf Arbeitslosengeld ausfüllt, der wird sich nicht weiterentwickeln. Ich bringe ihm und den anderen Schülern bei, was sie über Staat und Gesellschaft notwendigerweise in Klausuren und Referaten abrufen sollen. Sie müssen schließlich die Schule schaffen. Was sie sonst denken oder tun, ist nicht mein Problem. Man muss seinen Lehrerjob an der Garderobe abgeben können. Ein Lehrer ist nicht für das Schicksal seiner Schüler und erst recht nicht für das der Gesellschaft verantwortlich."

Hannah hatte die Hände im Nacken gefaltet, stand mit dem Rücken zu den Bildern und schaute aus dem Fenster. „Und genau das hat mir als Lehrerin nie gereicht und das reicht mir auch als Rentnerin, die ich jetzt bin, nicht. Die Schule hat die Aufgabe, die Schüler nicht nur zu unterrichten, sondern sie auch zu bilden und zu erziehen. Im Wort bilden steckt das Wort Bild. Gebildet ist, wer es versteht, sich ein Bild zu machen, sich ins Bild zu setzen. Wer nur mit Mosaiksteinchen hantiert, hat keinen Blick für das große Ganze. Erst, wer es versteht, aus vielen verschiedenen Mosaiksteinchen ein Bild zusammenzusetzen, der bekommt den Überblick, der versteht es, das große Ganze zu beurteilen und sich handelnd mit ihm auseinanderzusetzen. Gerade wenn die Schüler nur noch ihren Computern und Smartphones überlassen und ausgeliefert sind, kommt es darauf an, ihnen zu zeigen, was Menschlichkeit und Humanität in dieser Welt bedeuten können. Es gibt auch Schüler, bei denen ein Stück von dem angekommen ist, was ich mir erhoffe. Hier, Kemal zum Beispiel" Hannah blieb vor einem Bild stehen, das einen dunkelhaarigen Jungen mit Igelschnitt und Nickelbrille zeigte. Er trug eine Jeansjacke, ein schwarzes T-Shirt darunter mit der Aufschrift „ICH!". Hannah wusste, dass dieses Ich nicht egoistisch gemeint war, sondern dass Kemal ein selbstbewusster, in sich ruhender Junge war. Schon seit der fünften Klasse träumte er davon, Informatiker zu werden. Er kämpfte um seine Noten. Seine Mutter, die alleinerziehend war und als Reinigungskraft arbeitete, unterstützte ihn. Im nächsten Jahr würde Kemal aufs Gymnasium wechseln, es war höchste Zeit.

„Weißt du was, Uwe?" Hannah wandte sich suchend um. Uwe war einige Bilder weiter gewandert. „Uwe, du hast mich auf eine Idee gebracht. Ich bin jetzt zwar Rentnerin, aber ich muss doch noch etwas tun."

„Ach Hannah", sagte Uwe in beruhigendem Tonfall, „du genießt jetzt erst mal deine Rente. Du bist eben eine Revoluzzerin vom alten Schlag. Mach es wie ich. Ich mache mir das Leben so leicht es geht. Die Schwierigkeiten kommen von ganz allein. Lass uns jetzt runter gehen und abwaschen und dann fahre ich dich nach Hause."

Uwe und Hannah gingen die Treppen hinunter zur Teeküche. Hannah ließ Wasser ins Becken. „Mir genügt das nicht, Uwe, einfach nur für sich selbst da zu sein. Als Lehrerin nicht und jetzt als Rentnerin auch nicht. Und die Bilder haben mich auf eine Idee gebracht. Ich schreibe. Ich schreibe Geschichten. Die Geschichten meiner Schüler. So viele junge Menschen sind durch meine Hände gegangen, so viele unterschiedliche Charaktere, so viele unterschiedliche Lebenswege, so viele Tränen, so viele Träume. Ich habe immer auch von meinen Schülern gelernt. Wenn ich ein Buch schreibe, dann will ich anderen Menschen Lernwege zeigen. Lernen macht Freude, aber Lernen kann auch schmerzhaft sein. Lernen und lehren gehören zu den schönsten Dingen, die es auf der Welt gibt. Für mich ist der Mensch in erster Linie ein lernendes

Wesen. Und davon will ich schreiben." Mittlerweile hatte Hannah abgespült und Uwe das abgetrocknete Geschirr in den Schrank geräumt.

„Hannah, wenn ich mich aus deiner Sicht sehe, muss ich doch noch einmal über mich nachdenken.", sagte Uwe, „Vielleicht bin ich gar kein Lehrer, so wie du ihn dir vorstellst, kein Pädagoge, kein Menschenbildner. Vielleicht bin ich einfach nur ein Unterrichter. Ich bin nie mit großen Idealen an den Lehrerberuf herangegangen. Aber für dich steckt Herzblut darin. Ich glaube, ich bin neugierig auf deine Geschichten. Für dich werden sie gut sein. Aber vielleicht nützen sie auch mir und nicht nur mir, sondern auch vielen anderen. Aber jetzt lass uns gehen, mein Wagen steht vor der Schule." Hannah hatte ihre Abschiedsblumen in der Hand. Uwe schloss die Teeküche und das Lehrerzimmer ab, bot Hannah seinen Arm. An der Treppe sagte Hannah „Ich komme gleich, warte einen Moment auf mich." Sie ging zur Humboldt-Büste, nahm die alten Blumen aus der Vase und stellte die frischen hinein. Sie kannte die Putzfrau. Die würde am nächsten Tag schon für frisches Wasser sorgen.

Die zwei auf der Parkbank

Mona hatte sich gerade eine Currywurst gekauft und steuerte zielstrebig auf den kleinen Park zu, in dem sie jeden Tag ihre Mittagspause verbrachte. Dort, auf der Bank unter der großen, alten Linde, dort war ihr Stammplatz. Es war Sommer, ein heißer Tag, die Linde spendete angenehmen Schatten. Mona nahm ein Papiertaschentuch, wischte einmal quer über die Bank, ließ sich mit einem Seufzer fallen und biss herzhaft in ihre Wurst. Vom Frühling bis zum Herbst, es sei denn, es regnete, genoss sie diese halbe Stunde Ruhe und Abgeschiedenheit von der Hektik ihres Büros. Und merkwürdigerweise, die Bank war immer leer, wenn Mona kam. Sie gehörte ihr sozusagen. Zumindest bis zu diesem Tag. Mona hatte gerade die Hälfte ihrer Wurst aufgegessen, als sich ein alter Mann, schlurfend, in abgetragenen Sachen, einen Handwagen hinter sich herziehend, näherte. Er kam direkt auf sie zu, auf ihre Bank. Wollte er sich etwa setzen? Ein Penner? Hier im Park? Ja, er wollte. „Guten Tag," kam er auf Mona zu, „darf ich mich zu Ihnen setzen?" Die Höflichkeit gebot es, nicht nein zu sagen, obwohl Mona schon bei dem Geruch, der von ihm ausging, ganz anders wurde. Sie warf den Rest ihrer Wurst und das Brötchen in den Papierkorb, der letzte Bissen steckte ihr im Halse. Sie würgte. Sollte sie einfach aufstehen und gehen? Sie rückte auf jeden Fall ein bisschen ab, um dem Geruch nicht unmittelbar ausgesetzt zu sein. „Habe ich Sie gestört? Oh, das wollte ich nicht Madame. Ich habe Sie noch nie hier gesehen. Aber das liegt wohl daran, dass ich heute wahrscheinlich eher oder später dran bin als sonst. Ich habe meine Uhr verloren. Sonst komme ich immer so gegen dreizehn Uhr hier vorbei. Ich bin jeden Tag hier, niemand sonst außer mir kommt hierher, es ist sozusagen meine Bank. Und jetzt treffe ich Sie hier. Wie spät ist es denn jetzt?" Der Penner wollte offenbar ein wenig mit Mona plaudern. Sie hatte Skrupel, einfach aufzustehen. Was wäre, wenn jeder vor diesen Menschen davonlaufen würde? Schließlich haben sie ein schweres Schicksal und dafür darf man sie nicht verurteilen. Wenn nur dieser ekelhafte Geruch nach Schweiß und Urin nicht wäre. „Zehn Minuten nach zwölf.", antwortete Mona. „Aber eigentlich ist das hier meine Bank, ich komme jeden Tag hierher, keiner stört mich hier. Sie sind der erste seit fünf Jahren, seit ich in diesem Büro arbeite und hier meine Mittagspause verbringe." „Ach ja", sagte der alte Mann, „wenn das Mein und Dein nicht wäre, gäbe es viel weniger Streit auf der Welt, alles dreht sich nur um dieses verfluchte Eigentum. Aber im Übrigen, Madame, die Bank ist weder Ihre noch meine, sie gehört der Stadt. Aber wahrscheinlich ist es Ihnen unangenehm, mit einem wie mir hier zusammen zu sitzen. Seien Sie ehrlich. Ich sehe abgerissen aus, verdreckte Haare, unrasiert, ungewaschen, arm, obdachlos. Sie ekeln sich vor einem wie mir, sie bekommen Angst. Jeder steht in dieser Gesellschaft am Abgrund. Schulden, Krankheit, Alter, Scheidung und was es sonst noch so an Schicksalsschlägen geben mag. Sie wollen nicht daran denken. Sie leben in Ihrer heilen Welt, im Büro, mit schicken Kostümen, einem regelmäßigen Gehalt, krankenversichert, einer hübschen kleinen Wohnung, vielleicht Mann und Kind, alles fein eingerichtet, sicher und sauber. Da darf es solche wie mich nicht geben, sie sehen schlecht aus, sie riechen schlecht, sie erinnern an den Absturz. Aber abstürzen – das tun immer nur die anderen. Seien Sie ehrlich!

Wie heißen Sie eigentlich?" „Lehmann." „In meiner Welt gibt es keine Frau Lehmann und Herrn Müller mehr. In meiner Welt gibt es nur das Du. In meiner Welt sind alle gleich unten, da braucht es keine Höflichkeitsfloskeln mehr. Also, ich heiße Frank und wie heißt Du?" „Frank, wenn Sie nur noch in Ihrer Welt leben, werden Sie dort nie herauskommen. Deswegen bleibe ich auch beim Sie. Ich kenne Sie nicht, sie sind mir fremd." Sollte Sie ehrlich sein? Frank hatte die Wahrheit, wie sie über Penner wie ihn dachte, erraten. „Frau Lehmann, dann sag mir doch, ob ich nicht Recht habe, mit dem, was ich gesagt habe? Leute wie ich haben doch für Leute wie Du sie sind, kein Gesicht, es sind einfach nur Penner, Abschaum, mit dem man nichts zu tun haben möchte, mit dem man normalerweise nicht einmal redet. Du siehst Dich doch jetzt nur dazu gezwungen, weil ich Dich in ein Gespräch verwickelt habe." „Ganz so einfach ist das nicht, antwortete Mona" „Vorhin waren wir übrigens noch beim Sie. Aber gut, sagen wir Du. Ich bin Mona. Eigentlich ist es nicht so, dass Du gar nicht zu meiner Welt gehörst. Du hast auch einmal in einer schönen Wohnung mit Frau und Kind, regelmäßigem Einkommen, krankenversichert gelebt. Ich weiß nicht, was Dir zugestoßen ist. Es fällt mir schwer, es zuzugeben, aber du lässt mir keine andere Wahl. Ich ekle mich vor Menschen, die man normalerweise als Penner bezeichnet. Aber nicht weil sie arm oder ungepflegt sind, sondern weil sie, verzeih mir Frank, weil sie schlecht riechen. Und natürlich machen sie mir Angst. Angst, aus irgendwelchen unkalkulierbaren Gründen selbst auf der Straße zu landen. Gut, wir haben den Sozialstaat. Aber trotzdem gibt es tausende von Menschen, denen dieser Staat und diese Gesellschaft nicht helfen können oder wollen. Und diese Armen sind das schlechte Gewissen dieser Gesellschaft."

„Ich weiß, dass ich stinke", antwortete Frank, „aber was soll ich tun? Wo mich waschen, wo meine Kleidung reinigen? Die Obdachlosenheime sind überfüllt. Ich lebe auf der Straße. Ich weiß, dass man mit einem wie mir nicht in ein Restaurant gehen kann. Ich weiß, warum du vorhin deine Currywurst weggeworfen hast. Aber mir hilft es schon, wenn ein Mensch aus der anderen, der heilen Welt mit mir redet, mich nicht verstößt, mich wie einen Menschen betrachtet und behandelt. Dann fällt es mir schon leichter, mein Schicksal zu ertragen. Und das hast Du getan, Mona. Du redest mit mir." „Na gut", gab Mona zu, „ich wollte einfach nicht unhöflich sein, und dich abweisen. Aber jetzt ist meine Mittagspause vorbei und ich muss zurück in mein Büro." „Darf ich dich um etwas bitten, Mona?", fragte Frank. „Ja, was denn?" „Ich würde dir gern meine Geschichte erzählen. Darf ich morgen wiederkommen?" „Ja", sagte Mona, wenn Du mir verzeihst, dass ich vorher meine Currywurst am Stand esse."

Was ist ein guter Tag?

Ein guter Tag ist es, wenn du morgens am Frühstückstisch sitzt, vor dir eine Tasse dampfenden Kaffees oder frisch gebrühten Tees, vielleicht eine Schale Joghurt oder ein warmes Brötchen dazu. Wenn du im Sommer in das Morgenrot, im Winter in den Schein einer Kerze blickst. Vielleicht dudelt aus dem Radio klassische oder Popmusik, dazu Nachrichten, Verkehr und Wetter. Du besinnst dich noch einen Moment, vielleicht genießt du auch einfach nur Ruhe, schaltest das Radio ab. Du bist ein Morgenmuffel und kaust schweigend an deinem Frühstück. Oder du plauderst ein wenig mit deinem Mann oder deiner Frau und freust dich auf den bevorstehenden Tag mit seiner Routine, aber auch mit seinen neuen Aufgaben.

Vielleicht ist aber auch alles ganz hektisch. Du hast Kinder zu versorgen, die müssen in den Kindergarten oder in die Schule, du stopfst dir hastig ein Toastbrot zwischen die Zähne, verbrennst dir die Zunge am heißen Kaffee. Du weißt, heute warten wieder viele Pflichten auf dich. Du tust diese Pflichten, weil du sie tun musst, aber sie geben dir auch Halt, Erfüllung, Selbstbestätigung.

Vielleicht sieht dein Tag aber auch ganz anders aus. Du hast keine Pflichten. Außer einem bisschen Abwasch und dem Fernseher wartet niemand auf dich. Du bist allein, dir selbst und deinem Schicksal überlassen. Du hast keine Aufgaben, keine Pflichten, keine Ziele, ein Tag plätschert dahin wie der andere. So beginnt auch jeder Tag gleich. Jeden Tag als erstes die Entscheidung: stehe ich auf oder bleibe ich doch gleich lieber liegen, weil ich sowieso nichts mit mir anzufangen weiß? Gibt es in dieser Lage einen guten Tag? Ein guter Tag ist es, wenn morgens das Telefon klingelt, ein guter Freund oder eine gute Freundin anruft. Er oder sie möchte gern auf einen Plausch zum Kaffee vorbeikommen. An diesem guten Tag hüpfe ich freudig aus dem Bett, kaufe ein paar Zutaten für einen kleinen Kuchen und ein bescheidenes Abendbrot ein, decke eine neue Tischdecke auf, backe den Kuchen und freue mich.

Was ist ein guter Tag, wenn man alt oder krank ist oder man weiß, dass man bald sterben wird? Dann werden die Dinge, die einen Tag zu einem guten Tag machen, immer kleiner, dafür aber immer bedeutsamer. Ein zufälliger freundlicher Blick auf der Straße, ein Gespräch mit einem Nachbarn, das Streichen der Krankenschwester über das Haar oder die Wange, ein aufmunterndes Wort von einem lieben Menschen, ein bunter Blumenstrauß, ein schönes Musikstück oder Lied im Radio, das Kitzeln der Wintersonne in der Nase, wenn man im Krankenbett liegt. Die Dinge, die den Tag schön machen, sind nicht an sich schön. Sie können einen schwachen Menschen ebenso kalt und gleichgültig lassen. Man muss lernen, kleinen Dingen ihre Schönheit abzugewinnen, den Blick dafür zu schärfen, damit sie den Tag schön machen können.

Wenn du ein wenig glücklicher leben willst, wenn du mehr schöne Tage haben möchtest, dann versuche nicht nur als kranker oder arbeitsloser, sondern auch als starker Mensch mit mannigfaltigen Aufgaben deinen Blick für die schönen Dinge im Leben zu schärfen. Als Kind waren in meinen Kinderzeitschriften manchmal Suchbilder abgedruckt. Zwei gleiche Bilder nebeneinander, die auf den ersten Blick nicht zu unterscheiden waren. Die Aufgabe bestand nun darin, zehn Unterschiede zwischen den Bildern herauszufinden. Dadurch wurden beide Bilder gleichermaßen interessant. Genauso kann man es am Abend des Tages mit dem Tag davor machen. Man kann versuchen, vielleicht nicht zehn, aber vielleicht drei oder vier Unterschiede herauszufinden. Dadurch erscheint jeder Tag einzigartig und wertvoll. Manchmal ergeben sich diese Unterschiede nicht von selbst, manchmal muss man auch selbst etwas dafür tun. Vor dem Spiegel stehen, das eigene Spiegelbild anlächeln und ihm sagen, dass man es ganz gut leiden mag. Auf der Straße oder in der Bahn einem fremden Menschen zulächeln. Die Hausaufgaben der Kinder kontrollieren und sie fragen, wie ihr Tag war. Ein Gutenachtlied singen. Ein Glas Wein am Abend trinken, eine Kerze anzünden.

Ein guter Tag ist es auch, wenn man in einer durchtechnisierten Welt nicht zum Sklaven der Technik wird, wenn nicht von morgens bis abends Auge und Ohr berieselt werden. Wenn man es schafft, selbst zu bestimmen, wann man erreichbar sein möchte und wann man alle elektronischen Türen zuschließen kann.

Ein guter Tag ist es, wenn es uns gelingt, altmodisch zu werden. Altmodisch ist es, wenn Menschen einander ohne Barrieren begegnen. Wenn sie nicht starr, grußlos und interesselos aneinander vorbeilaufen, sondern Anteil aneinander nehmen, aufmerksam sind, einander mit Höflichkeit und Achtung begegnen. Modern ist es, dass jeder sich selbst der Nächste ist, Menschen kaum noch aufeinander achten, Nachbarn-, Familien- und Freundeskreise auseinanderdriften. Darunter mögen die Einzelnen nicht leiden, solange sie gesund und leistungsfähig sind, in Lohn und Brot stehen. Aber Schicksalsschläge wie Arbeitslosigkeit, Schulden, Süchte oder Krankheiten können jeden treffen. Und dann zeigt sich, dass viele Menschen ihrem Schicksal ganz allein überlassen sind.

Ein guter Tag ist es, wenn man daran denkt, dass man selbst und andere im Unglück nicht allein gelassen werden möchten, wenn man es schafft, dafür zu sorgen, dass es Menschen gibt, die für einen da sind. Andere Menschen sind für einen da, wenn man für sie da ist. Sei ein guter Freund, dann bekommst du auch Freundschaft zurückgeschenkt. Und wenn nicht, hast du zumindest das gute Gefühl, Freundschaft verschenkt zu haben. Ich war als Kind oft in der Kirche. Dort hörte ich ein Bibelwort, das mich bis heute begleitet hat: „Geben ist seliger denn Nehmen." Warum das so ist? Geben können wir immer, wir haben immer etwas zu geben – unsere Nähe, unsere Wärme, ein aufmunterndes Wort, ein Gespräch oder einen gemeinsamen Spaziergang. Unser Vorrat zum Geben ist unerschöpflich, wir holen ihn immer von Neuem aus uns selbst. Das Geben macht Freude, denn oft bekommt man viel zurück. Beim Nehmen dagegen kann man sich nie sicher sein, ob das Genommene nicht bald leer und erschöpft ist, ob der, von dem wir nehmen, unserer nicht müde oder überdrüssig ist.

Ein guter Tag ist es, wenn wir nicht allein sind, wenn wir unsere Freude teilen können und auch unser Leid. Ein guter Tag ist es auch, wenn wir allein sind, das Alleinsein mit Würde zu tragen. Ein guter Tag ist es, ihm einen Sinn, eine Bedeutung zu geben – für sich selbst oder für andere. Ein guter Tag ist es, wenn es gelingt, ein wenig zu lächeln oder gar zu lachen. Ein guter Tag ist es aber auch, den erlösenden Tränen ihren Lauf zu lassen. Ein guter Tag ist es, wenn man ein kleines Lied singt. Und ein guter Tag ist es, wenn es einem gelingt und man Grund hat, Dankbarkeit für das Leben, das einem geschenkt wurde, zu empfinden.

Fremde Sprachen

Ich sitze in der S-Bahn und versuche, ein wenig zu dösen. Mir gegenüber sitzt ein dunkelhäutiger Mann, der unentwegt in einer fremden Sprache in sein Smartphone plärrt. Ich versuche, die Augen zu schließen, es will nicht gelingen. Finde keine Ruhe. Der Mann redet, gestikuliert, wird laut. Mir reicht's.

„Kannst du nicht endlich deinen Mund halten. Rede wenigstens Deutsch, wenn du hier schon die ganze Bahn belästigen musst."

„Ob ich reden oder nicht, Deutsch oder nicht, dich gar nichts angehen. Wahrscheinlich du können nur Deutsch. Du Mund halten."

Der Mann verstaut sein Smartphone in seiner Aktentasche und schnäuzt sich. Er schaut mich an.

„Wissen Sie was, junge Frau. Jetzt reden wir beide mal Deutsch miteinander. Ich hatte eben wirklich ein Problem. Meinen Sie nicht, ich weiß nicht, dass laute Telefonate in der Öffentlichkeit nerven? Ich habe aber keine Zeit auszusteigen, ich muss zur Arbeit. Zu Hause sind meine Kinder allein. Sie wollten Couscous und Gemüse kochen, dabei ist ihnen alles übergelaufen und angebrannt, die Töpfe total verkohlt. Aber was geht Sie das eigentlich an? Für Sie sind wir doch nur die Schwarzen, die Fremden, die Schweinefleischverächter, Untermenschen. Haben Sie mal darüber nachgedacht, was eigentlich fremd ist."

„Entschuldigen Sie", stammelte ich, „so meinte ich das nicht. Sie sind doch für mich kein Untermensch, ich bin doch kein Nazi."

„Schon gut", entgegnete der Mann, „Ich heiße übrigens Akim. Ich muss jetzt aussteigen. Südkreuz. Denken Sie wirklich mal darüber nach. Sind nur wir Ihnen fremd, die Schwarzen, die Ausländer? Oder sind es nicht vielmehr die eigenen Nachbarn, die Menschen aus dem Neubaughetto, die Jugendlichen, die Verkäuferin von nebenan, vielleicht sogar der eigene Mann?

Fremdheit ist viel mehr als Ausländer sein. Denken Sie nach und leben Sie wohl. Vielleicht begegnen wir uns wieder mal in dieser S-Bahn."

Ich denke nach und muss Akim Recht geben. Mein Nachbar zum Beispiel. Er hört von morgens bis abends tagtäglich die Bösen Onkelz. Er kennt keine andere Musik, nicht die Freude an der Stille, das ruhige Nachdenken. Das ist mir fremd.

Jugendliche, die nur via Facebook und WhatsApp kommunizieren, die keine Zeitung, keine Bücher lesen, die ihre Eltern zu bloßen Versorgern degradieren, sind mir fremd.

Menschen, die Drogen konsumieren, sind mir fremd. Aber auch Menschen, die in den ärmlichen Kiezen von Berlin-Neukölln wohnen, sind mir fremd. Oder die satten Bürger in irgendwelchen Saubermannstädtchen in Baden-Württemberg. Und ich bin all diesen Menschen sicherlich genauso fremd – mit meinem Lebensstil, meinen Büchern, meinen philosophischen Gesprächen, meinem Familiensinn.

Akim war mir fremd. Er ist es nicht mehr. Er spricht meine Sprache. Er spricht mit mir. Spreche ich seine Sprache? Spreche ich die Sprache meines Nachbarn? Die Sprache der Jugendlichen? Die Sprache der Kiezbewohner?

Ich muss sprechen lernen, um zu verstehen. Sprechen lernen, um verstanden zu werden. Wir müssen sprechen lernen, um einander nicht fremd zu bleiben. Die Sprache ist der Schlüssel zum gegenseitigen Verständnis. Aber ist das nicht alles viel zu viel Arbeit? Ist das nicht viel zu anstrengend? Lohnt es überhaupt?

Sollte nicht jeder vor sich hinleben, ohne andere zu beachten? Sollten wir einander nicht einfach in Ruhe lassen? Mehr Fragen als Antworten. Hoffentlich treffe ich Akim noch einmal in der S-Bahn. Vielleicht morgen? Vielleicht auch nie. Was würde er dazu sagen? Ich werde es herausfinden.

Gretel und Paula

„Gestatten, Glöckner. Hätten Sie etwas dagegen, wenn ich mich zu Ihnen setze?"

Gretel stellte die Bremsen des Rollators fest, als rechnete sie schon mit dem Einverständnis ihrer zukünftigen Tischnachbarin, hielt sich an der Tischkante fest und schob sich auf den Stuhl.

„Wir sind hier nicht so förmlich, ich heiße Paula. Und wie heißt du?" antwortete die Dame am Tisch mit einem Gesicht, das so runzlig war, dass man die Augen kaum noch darin erkennen konnte. Das dünne weiße Haar trug sie sorgfältig zu einem kleinen Knoten aufgesteckt.

„Gretel, Gretel heiße ich, also eigentlich Margarete, aber seit meiner Jugend nennen mich alle Gretel."

„Na dann, Gretel, lang zu. Die ersten Tage schmeckt es noch, aber dann ist es immer das Gleiche. Zum Abendbrot immer die gleiche Wurst, immer der gleiche Salat. Heut gibt's Leberwurst, Teewurst, Mischbrot und Gurkensalat. Gestern gab's Leberwurst, Salami und Möhrensalat. Morgen gibt's bestimmt Salami, Teewurst und Selleriesalat. Der Speiseplan zum Mittagessen wiederholt sich alle sechs Wochen und morgens ist außer Toast und Marmelade sowieso nichts zu kriegen. Da vergeht einem schnell der Appetit. Ich habe bestimmt schon zehn Kilo abgenommen. Die sind doch froh, wenn die alten Leutchen nicht mehr so viel essen, kostet weniger."

Die zehn Kilo waren Paula nicht anzusehen, passte sie doch kaum in den von zwei Lehnen begrenzten Stuhl. Gretel verkniff sich jedoch eine Bemerkung. Paula schien ziemlich gesprächig. Sie, Gretel, war das ganze Gegenteil ihrer Nachbarin, groß, hager, leicht gebeugte Gestalt, kurz geschnittenes, graues Haar, helle, blaue Augen hinter goldumrandeter Nickelbrille, von eher zurückhaltendem und schweigsamem Naturell. Sie konnte es immer noch nicht fassen – das hier sollte nun ihr neues Zuhause bis zum Ende ihrer Tage sein. Unter lauter fremden Menschen, allein in einem Zimmer und immer dieser Geruch nach Desinfektionsmittel. Aber daran würde sie sich wohl am schnellsten gewöhnen. Ihr Sohn hatte sie hierher gebracht. Das alles nur, weil sie etwas vergesslich geworden war. Gut, sie hatte einmal ihre ganzen Medikamente durcheinander gebracht und zweimal hatte sie nicht mehr nach Hause gefunden. Aber das hätte sich sicherlich bald wieder gegeben. Mit dem Rollator bewegte sie sich leidlich. Sie konnte sich noch jeden Tag Mittag kochen. Naja, oder doch nicht mehr. So genau wusste sie das nicht. Aber ein bisschen Vergesslichkeit war doch kein Grund, sie hierher abzuschieben. Nun musste sie sich wohl oder übel mit der dicken, kleinen, runzligen Paula anfreunden, die einem schon am ersten Abend den Appetit vermiesen konnte. Aber unter den vielen hilflosen Menschen hier, die gefüttert werden mussten oder starr und tonlos vor sich hin stierten, war Paula wenigstens ein Lichtblick.

„Wie lange bist du denn schon hier?", fragte Gretel.

Paula überlegte einen Moment. „Also, so genau kann ich dir das nicht sagen. Ich habe keinen Kalender, weiß nicht, welches Datum wir haben, den Wochentag kannte ich mal nach dem Dienstplan der Schwestern, aber seit das Personal hier ständig wechselt, ist auch das vorbei. Ich weiß nicht mal, welches Jahr wir haben. Aber ich habe hier schon ein paar Mal meinen Geburtstag, Weihnachten und Silvester gefeiert. Also bin ich hier bestimmt schon drei oder vier, vielleicht auch fünf oder sechs Jahre. Ich kann dir nicht einmal mehr sagen, wie alt ich eigentlich bin. Aber ich glaube, siebenundachtzig."

„Also ich bin dreiundachtzig", sagte Gretel, „aber wenn ich mir vorstelle, ich soll hier drei, vier, fünf oder sechs Jahre verbringen, möchte ich am liebsten schon morgen sterben."

„So darfst du nicht denken Gretel. Weißt du, wenn man findet, dass das Leben nicht lebenswert ist, dann, gerade dann muss man versuchen, ihm etwas abzugewinnen, das es lebenswert macht. Hier im Heim erscheint uns das Leben wie eine Kette endloser Wiederholungen. Jeden Tag das gleiche Essen, jeden Tag die gleichen Räume, jeden Tag das gleiche Personal, jeden Tag die gleichen Beschäftigungen, jeden Tag die gleichen Gespräche, jeden Tag die gleichen Krankheiten. Möchtest du vielleicht meinen Gurkensalat? Ich mag keinen Gurkensalat."

„Nein danke", antwortete Gretel, „sag mir lieber, wie du versuchst, dem Leben etwas abzugewinnen. Ich kann mir nicht vorstellen, dass mir das hier drinnen gelingt."

„Nun", sagte Paula, „Ich mache mir klar, dass sich nicht nur hier drinnen alles wiederholt, sondern dass sich draußen auch alles wiederholt. Ich habe fünfundvierzig Jahre lang Züge geputzt. Jeden Morgen um vier Uhr aufstehen, jeden Abend um sechs nach Hause kommen, dazwischen leere Flaschen, alte Zeitungen, klebrige Bonbons, Zigarettenschachteln, Appelgriebsche, Bananenschalen, Kronkorken, Staub und Dreck. Abends dann das Essen für meinen Mann und für mich kochen – Kartoffelbrei, Schnitzel, Kartoffelsuppe, Nudeln und wieder Kartoffelbrei, Schnitzel, Kartoffelsuppe, Nudeln. Vier Wochen im Jahr, da sind wir an die See gefahren, aber ansonsten waren da jeden Tag die schmutzigen Züge, fünfundvierzig Jahre lang immer das Gleiche. Jetzt habe ich eben auch immer das Gleiche, nur dass ich keine Züge mehr saubermachen muss und von morgens bis abends versorgt bin. Dass das Leben aus Wiederholungen besteht, daran muss man sich gewöhnen. Ich finde es hier schön, weil ich die schmutzigen Züge nicht mehr saubermachen muss, die Arbeit wäre mir jetzt zu schwer."

„Aber, Paula, als du jeden Tag die schmutzigen Züge saubergemacht hast, was hattest du denn da vom Leben?"

„Ich denke Gretel, man muss lernen einzusehen, dass das Leben aus Pflicht besteht. Man muss lernen, diese Pflicht gern zu tun, ansonsten kann man sie nicht ertragen. Und dann muss man versuchen, sein Leben nach der Pflicht, nach der Arbeit zu genießen. Ich habe mich auf den Kurt gefreut, das war mein Mann. Ich kochte gern für uns. Am Abend gingen wir ein Stück spazieren. Manchmal tranken wir bei Kerzenschein ein Glas Rotwein, kuschelten ein bisschen oder sahen fern. Kurt ist schon lange nicht mehr. Es war schwer für mich, darüber hinweg zu kommen. Aber mittlerweile geht es. Ich genieße hier meinen Lebensabend und ich empfehle dir, es auch zu tun."

„Ich bewundere dich, Paula", sagte Gretel, „jahrzehntelang Züge putzen, ich weiß nicht, ob ich das durchgehalten hätte."

„Wieso, womit hast du denn deine Brötchen verdient?", fragte Paula.

„Ich habe am philosophischen Institut einer Universität gelehrt. Natürlich war die Arbeit für mich auch eine Pflicht, aber eigentlich war sie mehr eine Herausforderung, Freude, eine immer neue Aufgabe. Ich freute mich auf meine Studenten, sah, wie sie reiften, wie sie ihr Studium beendeten. Es kamen neue Studenten, damit neue Aufgaben. Ich hatte immer Abwechslung, es wurde nie langweilig, ich musste ständig dazulernen. Sicherlich, manche Aufgaben wiederholten sich auch, aber nie in derselben Weise, es war immer etwas Neues dabei. Außerdem konnte ich meinen Sohn aufwachsen sehen, seine Entwicklung verfolgen, über seine Streiche und Späße lachen. Ich hatte mich früh von meinem Mann getrennt, zog unseren Sohn alleine groß. In den Ferien fuhren wir mal an die See, mal ins Gebirge, mal blieben wir in Deutschland, mal zog es uns in andere Länder. Ich hatte also ein sehr abwechslungsreiches Leben. Meine Arbeit war für mich mein Lebenssinn. Mit meinem Denken, meinen Lehren wollte ich etwas in den Köpfen meiner Studenten, in einem kleinen Teil unserer Gesellschaft bewegen. Arbeit bedeutete für mich immer Sinn, gebraucht werden, Bedeutung haben. Natürlich ist man irgendwann alt, muss sich von der Arbeit zurückziehen. Aber dass plötzlich niemand mehr etwas von einem wissen will, verstehe ich nicht. Mein Sohn arbeitet in einer großen Firma, er kommt erst spät abends nach Haus. Er hat keine Zeit für mich und kann nicht auf mich aufpassen, falls die Vergesslichkeit schlimmer wird. Aber die Hunderte von jungen Menschen, die durch meine Seminare gegangen sind, wo sind sie hin? Wer von ihnen denkt heute noch an mich?"

„Gretel, so kommst du nicht weiter. Sei froh, dass du ein interessantes Leben gelebt hast. Aber jetzt musst du akzeptieren, dass du alt und hilfebedürftig geworden bist. Du musst dort versuchen, deinem Leben einen Sinn zu geben, wo du gerade bist. Und jetzt bist du hier im Pflegeheim, der Tatsache musst du dich stellen. Überlege, was du hier tun kannst. Du hast noch so viel Verstand, dass du dich hier mit mir unterhalten kannst. Ich zum Beispiel, ich habe mich zwar an die Wiederholungen des Lebens gewöhnt, aber manchmal langweile ich mich zu Tode. Du könntest mich unterhalten mit interessanten Geschichten aus deinem Leben, wir könnten etwas spielen oder du könntest dich um andere Mitbewohner kümmern, die nicht mehr so gut drauf sind wie du."

„Weißt du was?", fragte Gretel, „Wie heißt du noch mal?"

„Na Paula. Wieso?"

„Ich würde dir gern etwas aus meinem Leben erzählen."

„Aber das hast du doch gerade.", antwortete Paula.

„Nein, habe ich nicht", sagte Gretel.

„Hast du doch", beharrte Paula.

„Das behauptest du nur, um mich zu ärgern. Ich bin doch noch nicht so vergesslich. Also, ich erzähle dir jetzt etwas aus meinem Leben."

„Na gut, brummte Paula, „das Leben besteht eben doch nur aus Wiederholungen."

Til – Der Puppenspieler

Til klopfte sich den Staub von den Ärmeln. Sein rot-weiß kariertes Flanellhemd, schon etwas verwaschen, trug er meistens, wenn es etwas aufzuräumen, zu streichen oder sauberzumachen gab. Er fuhr sich mit den Fingern durch das schon leicht angegraute Haar. Dreiundvierzig – Zahlen hatten ihm eigentlich nie etwas ausgemacht. Er war gesund, einst hatte er sich stark gefühlt. Til ließ sich in einen zerschlissenen Sessel fallen. Auf dem Boden roch es muffig. An der Wand ihm gegenüber lehnte zusammengeklappt seine Puppenbühne. Neben dem Sessel stand die große Holzkiste mit den Puppen. Til hatte die Köpfe selbst geschnitzt und bemalt, die Kleider dazu nähte ihm seine damalige Freundin Elli. Sie war wunderschön gewesen. Schneewittchen nannte er sie, weil sie rabenschwarzes langes Haar trug und ihr roter Kussmund wie gemalt aussah. Til versuchte, eine Puppe nach ihrem Vorbild zu schnitzen, aber sein Schneewittchenkopf war eben nur ein Puppengesicht und Ähnlichkeit mit Elli nicht zu erkennen. Ja, jetzt, jetzt saß er hier, Til, vor einer verstaubten Puppenbühne, einer Kiste mit Puppen, die irgendwie traurig aussahen oder höhnisch zu lachen schienen wie der Kasper oder der Teufel. Er fragte sich, wozu er es eigentlich im Leben gebracht hatte, ob er nicht versagte, ob er nicht ein richtiger Looser sei. In seinem Alter sind andere Eltern von pubertierenden Kindern, haben sich ihre Wohnung schick eingerichtet oder ein Häuschen gebaut, verdienen nicht schlecht, leisten sich eine nicht ganz billige Urlaubsreise nach Frankreich oder Spanien, legen ihr Spargeld in Aktien an und zahlen fleißig ihre Kredite ab. Schöne heile Welt der Erfolgreichen. Wer es nicht bis dahin geschafft hat, muss wohl in seinem Leben etwas falsch gemacht haben. Hatte er, Til, hatte er etwas falsch gemacht? Schon mit zwölf Jahren träumte er davon, einmal Puppenspieler zu werden. Ihn beeindruckte die Erzählung seiner Deutschlehrerin, wie Goethe als Kind seiner Familie das Schauspiel von „Faust" als Puppenspiel vorführte. Nach dem Unterricht rührte er Pappmaché an, formte und bemalte die Köpfe. Notdürftig stoppelte er ein paar Kleider zusammen. Er hätte auch seine Mutter fragen können, doch seine Vorbereitungen traf er in aller Heimlichkeit, denn seine eigene Aufführung des „Faust" zu Weihnachten sollte eine Überraschung für die ganze Familie sein. Die Bühne baute er im Keller eines Schulfreundes. Es war dieselbe Bühne, mit der er später an der Ostsee von Kurort zu Kurort zog. Dieselbe Bühne, die jetzt angestaubt vor ihm auf dem Boden stand. Til nahm sich Goethes „Faust" als Vorbild. Den Text ablesen ging nicht, dann hätte er nicht spielen können. Auswendig lernen war zu aufwendig. Also orientierte er sich einfach an der Handlung, auch wenn dabei der philosophische Gehalt des Textes verloren ging. Aber er spielte – Faust, Mephisto, Gretchen und all die anderen. Die Familie schaute gebannt zu. Und als sich der Vorhang schloss, klatschten alle begeistert Beifall. So fing es an mit dem Puppenspiel. Später spielte er zu Geburtstagen, zu Schulfesten, auch an anderen Schulen oder in Kindergärten. Das Puppenspiel war neben der Schule seine Hauptbeschäftigung. Am liebsten wäre er nach der Schulzeit gleich losgezogen, um zu spielen. Doch seine Eltern bestanden auf einer Ausbildung. Also nahm Til ein Schauspielstudium auf, auch wenn gerade diese Ausbildung nicht den Vorstellungen seiner Eltern von einem soliden Werdegang entsprach.

Ja, all die Vorteile der Bessersituierten, der Wohlstandsbürger, der Abgesicherten und mit sich selbst Zufriedenen, all diese Vorteile hatte er nicht erlangt. Im Gegenteil, er musste die Puppenspielerei aufgeben. Zwei total verregnete Sommer, kaum einer kam in seine Vorstellungen, keine Einnahmen, das finanzielle Polster war aufgebraucht, er wusste nicht mehr, wovon er leben sollte. Gedankenverloren klappte er den Deckel der Puppenkiste auf und zu, auf und zu. Dann wühlte er in der Kiste. Da, das Rotkäppchen. Und wo war der Wolf? Til kramte. Verdammt, er fand den Wolf nicht. Ärgerlich kippte er die Kiste um. Die Puppen kullerten in den Staub. „Ist doch egal, ich brauche sie sowieso nicht mehr.", dachte Til. Aber dann nahm er doch seine alte Schuhbürste, die mit der er immer die Puppen abgebürstet hatte, befreite sie vom Staub und legte die Puppen wieder in die Kiste. Seine Wohnung war zu teuer, er musste umziehen, da biss keine Maus den Faden ab. Das störte ihn weniger, er war es gewohnt, umherzuziehen. Was ihn störte, war, dass er nur in einem Neubaugebiet mit vielen Hochhäusern eine neue, erschwingliche Bleibe gefunden hatte. Der Froschkönig, Rumpelstilzchen, die

Hexe – aber wo verdammt hatte sich der Wolf versteckt. Er war einfach nicht da. Arbeitslosengeld, schön und gut. In Deutschland verhungert keiner und wenn es nicht ganz übel kommt, hat man auch immer ein Dach über dem Kopf. Aber der Mensch lebt doch nicht vom Brot allein, er braucht doch einen Sinn, ein Ziel, eine Aufgabe, etwas, das ihn ausfüllt, wofür er lebt, was seinem Leben Inhalt gibt. Das Puppenspiel war diese Aufgabe für Til. In einer Zeit, in der die Kinder quasi schon mit Kopfhörern im Ohr und Smartphones vor den Augen geboren werden, in dieser Zeit wollte Til den Kindern und auch den Eltern zeigen, dass das lebendige Spiel, die Kommunikation von Mensch zu Mensch, das sinnliche Vergnügen auch anregen, bereichern und beleben können. Til fand, dass das Handyzeitalter die Menschen arm macht – arm an wirklichen sozialen Kontakten, arm an einem reichhaltigen gegenseitigen Austausch, arm an der sinnlichen Wahrnehmung seines Gegenübers, arm an Fantasie. Wenn nur noch flüchtige Bilder an unseren Augen vorbeirieseln, entsteht eine ständige, nervöse Spannung – aber nicht die Gelassenheit und Ruhe, die uns der leibhaftige Anblick eines uns gegenüber sitzenden Menschen, seine Wärme, sein Duft, seine Haut und der Glanz seiner Augen geben. Sein Puppenspiel war Til eine Freude, aber immer auch eine soziale Mission. Und diese Aufgabe war ihm nun abhandengekommen. Was sollte er tun? Vom Arbeitslosengeld leben und den ganzen Tag fernsehen? Sicher, er könnte den einen oder anderen Freund besuchen. Aber erstens gingen die Freunde arbeiten und zweitens konnte er ihnen nicht den ganzen Tag auf die Pelle rücken. Er musste sich also irgendwie selbst beschäftigen. Wo verdammt war der Wolf? Til hatte alle Puppen wieder einsortiert, der Wolf war nicht dabei. Vielleicht in einer der anderen Kisten, in denen er Trödel, wie alte Vasen, Stoffe, Holzreste und Zeitschriften hortete? Unmöglich konnte er jetzt alle Kisten aus- und wieder einräumen. Aber er konnte sie ja wenigstens öffnen und einen Blick hineinwerfen. Til kramte ein paar Kisten hervor und stellte sie vor sich auf den Boden. Der Staub stiebte. Die erste Kiste enthielt Zeitungsausschnitte – „Die Trommel", „Junge Welt", „Das Magazin", „Der Eulenspiegel" – alles, was man als Jugendlicher und junger Erwachsener so in der DDR gelesen hat. „DDR" – Deutsche Demokratische Republik, wer von den heute Zwanzigjährigen weiß noch die Bedeutung dieser Abkürzung? Wir haben doch auch gelebt, dachte Til, auch als wir kein Telefon zu Hause hatten, ohne Bananen, ohne Westreisen, ohne Baumärkte und ohne Aldi. Wir waren einfach viel mehr auf uns selbst angewiesen, darauf, uns mit uns selber, unserer Familie, unseren Freunden, unseren Kollegen, unseren Nachbarn zu beschäftigen. Sicher, auch die DDR hätte sich verändert, mit Handys und Smartphones, mit iPads, Internet, Kopierern usw. Aber egal. Der Wolf war weg. Nächste Kiste – bunte Stofffetzen quollen Til entgegen. Da schimmerte etwas Hölzernes – Til wühlte. Zum Vorschein kam eine dunkel gebeizte Altblockflöte. Alt – Til mochte diese warme, ein wenig dunkle Tonlage. Als Kind, in der ersten und zweiten Klasse, lernte er Sopranblockflöte – mit ihrem hellen, tirilierendem Klang. Dann sollte er sich eigentlich ein anderes Instrument aussuchen und er entschied sich für Gitarre. Doch er konnte sich einfach nicht zum regelmäßigen Üben überwinden und so lag die Gitarre bald nutzlos in der Ecke. Tils Eltern verkauften sie wieder. Til blies vorsichtig in die Altblockflöte. Diese Flöte konnte er nicht nach

Noten spielen, da sie anders gestimmt war als die Sopranblockflöte. Doch nach Gehör ließ sie sich genauso gut spielen. „Hänschen klein" – das ging. „Fuchs du hast die Gans gestohlen" – ging auch. „Der Mond ist aufgegangen" – Til verhaspelte sich ein wenig und brachte dann das Lied doch zu Ende. Dann blies er wieder in die Flöte, vorsichtig, einen Ton nach dem anderen, mal kürzer, mal länger, mal schneller, mal langsamer, mal getragen, mal gebunden. Er dachte sich einfach eine Melodie aus. Und dazu schwirrte ihm ein Text durch den Kopf.

> Der Kasper schaut nicht mehr aus dem
> Puppenhaus.
> Denn bald sind alle Märchen aus.
> Im Theater wird's ganz leise,
> weil ich geh auf große Reise.

> Ich reise durch das ganze Land,
> mit der Flöte in der Hand.
> Spiele die Flöte, wie es mir gefällt.
> Das ist mir mehr wert, als alles Geld der Welt.

Doch ohne Geld kann man nicht leben,
Hoff, dass die Leute mir welches geben.
Wenn sie gern hören meine Lieder,
kommen sie vielleicht auch wieder.

Ja, hurra, Til sprang auf und tanzte mit seiner Flöte herum. Er hatte eine Idee. Warum machte er nicht Texte und spielte Flöte dazu? Ach Mist, er konnte ja nicht gleichzeitig singen und spielen. Aber er konnte ja nur Flöte spielen. Also brauchte er noch einen Partner oder eine Partnerin, die sang. Am besten eine Partnerin. Sie musste nicht so hübsch wie Elli sein, aber ein bisschen hübsch musste sie schon sein. Mit seinen Liedern, seiner Flöte und seiner Partnerin könnte er sich an eine Straße oder einen Platz mit reichlich Passanten stellen und spielen. Er könnte Texte schmieden, die all das zum Ausdruck bringen, was ihm in seinem Leben wichtig ist. Er hätte zwar nicht mehr die Puppen, schließlich kann man auf der Straße keine Puppenbühne aufbauen und keine Märchen spielen, niemand hätte Zeit, solange stehen zu bleiben. Aber er hätte wieder eine Freude, eine Aufgabe, einen Sinn und ein Ziel in seinem Leben. In anderen Ländern ist die Arbeitslosigkeit vor allem schlimm, weil man kein Geld hat und bei seiner Familie oder bei Freunden unterkriechen muss oder weil man gleich ganz obdachlos wird. Bei uns ist sie schlimm, weil man sich nicht mehr nützlich machen kann, nicht mehr an der Gesellschaft teilnehmen. Aber, er, Til, würde wieder einen Weg finden. Natürlich würde er sich auch um Arbeit bemühen, vielleicht findet er sogar eine Stelle an einer kleinen Bühne. Aber bis dahin würde er singen und Flöte spielen. Und vielleicht kann er sich einen kleinen Handwagen besorgen, auf den er seine Puppenbühne und die Kiste mit den Puppen laden kann. Dann würde er in den einen oder anderen Kindergarten fahren und gegen ein kleines Entgelt Märchen spielen. Er könnte zwar nicht mehr durch die Kurorte ziehen und seinen Lebensunterhalt mit Puppenspiel verdienen, weil er seinen Wagen verkaufen musste und sich auch keinen neuen leisten kann. Aber er kann auf jeden Fall spielen. Jetzt hatte er vor lauter Freude über die Flöte und die neuen Lieder vergessen, nach dem Wolf zu suchen. Aber der würde sich schon noch anfinden. Jetzt musste er anfangen, Flöte zu üben, Lieder zu machen und eine Partnerin zu suchen. Es gab viel zu tun.

Warum der Mensch wertvoll ist

Die Frage, warum der Mensch wertvoll ist, lässt sich schwer beantworten. Natürlich, wird zunächst jeder sagen, natürlich ist der Mensch wertvoll. Aber ist er es wirklich bei genauerem Zusehen? Kinder sind wertvoll, sie sind frei, unbeschwert, lachen, sind voller Hoffnung, sie sind unsere Zukunft. Eltern sind wertvoll, sie haben die Kinder zur Welt gebracht, sorgen für sie, erziehen und beschützen sie. Verkäuferinnen, Handwerker, Bauarbeiter, Lehrerinnen, Erzieher, Gärtner, Ingenieure, Architekten, Wissenschaftler, sie alle sind wertvoll, weil sie etwas leisten, nützlich für die Gesellschaft sind, Dienstleistungen anbieten, etwas schaffen, etwas aufbauen, sie sind wertvoll, weil sie produktiv und tätig sind. Aber wie sieht es aus mit den zur Untätigkeit Verurteilten, mit den Arbeitslosen und Sozialhilfeempfängern, mit den Armen, Bettlern, Kranken und Sterbenden? Sie können sich nicht mehr nützlich machen. Noch schwerer zu beantworten ist die Frage, warum der Mensch wertvoll ist, bei den Faulen, den Lügnern und Betrügern, denen, die auf Kosten anderer oder der ganzen Gesellschaft leben. Oder bei den Kriminellen: ein Schläger, ein Kinderschänder, ein Mörder – wie soll man hier die Frage beantworten, ob der Mensch wertvoll ist? Wie bei einem Soldaten, dessen Beruf es ist, andere zu töten, bei einem Politiker, der die Soldaten in den Krieg schickt und wie bei der Führungsspitze eines Rüstungskonzerns, der seinen Gewinn aus Kriegsmaterial zieht? Ist die Frage, warum der Mensch wertvoll ist, vielleicht gar nicht zu beantworten, weil es zu viele unterschiedliche Menschen mit zu verschiedenen Geschichten und Zielen gibt? Aber das hieße ja, dass es wertvolle und weniger wertvolle Menschen gäbe. Die Konsequenzen dieser Unterscheidung wären verheerend. Es gibt keinen unparteiischen Richter, der die Menschen in wertvolle und weniger wertvolle einteilen könnte. Es könnten Menschen selbst auf die Idee kommen, sich gegenüber anderen einen höheren Wert zuzuschreiben, weil sie etwas leisten, Macht, Geld, Ansehen oder Attraktivität besitzen. Aber wie würden sich dann die Menschen, die sich als wertvoller als andere betrachten, gegenüber diesen verhalten? Würden sie sie missachten, unterdrücken, bestrafen, entrechten? Und die geringer Geachteten, würden sie sich selbst genauso als weniger wertvoll betrachten, oder würden sie nicht ihren Wert und ihre Würde verteidigen, würden sie nicht aufbegehren, kämpfen oder ihre Widersacher anfeinden? Eine Gesellschaft, die die Menschen in wertvolle und weniger wertvolle Menschen einteilt, kann nur eine Gesellschaft des Kampfes und der Ungerechtigkeit sein. Deswegen sagt die Philosophie, dass jeder Mensch wertvoll ist, dass jeder Mensch eine Würde in sich trägt, gleichviel ob dieser Mensch ein Kind oder ein Alter, ein Armer oder Reicher, ein Gerechter oder ein Ungerechter ist. Zur Würde jedes einzelnen Menschen gehört es, sich selbst zu einem wertvollen Menschen, zu einem würdigen Mitglied der Gesellschaft machen zu können – zu können, nicht zu müssen. Diese Würde kann kein Mensch verspielen. Denn selbst, wenn er Irrwege gegangen ist, hat er immer wieder die Chance, zu bereuen, wieder gutzumachen, was gutzumachen ist, und noch einmal von vorn zu beginnen. Das macht jeden Menschen wertvoll und würdig. Jeder Mensch ist es wert und würdig, jederzeit ein besserer zu werden, als er es ist. Zur Würde des Menschen gehört es auch, bei Schwäche und Hilfebedürftigkeit von der

Gesellschaft getragen zu werden. Zur Würde gehört es, niemals nur als Mittel fremder Zwecke, sondern stets als ein Zweck für sich selbst betrachtet zu werden. Das klingt zunächst einmal schwer verständlich. Ein Beispiel soll es erklären. Jeder Mensch z. B. in einem Krankenhaus, ist für das Krankenhaus ein Mittel, um Geld zu verdienen. Die Betten müssen ausgelastet sein, damit am Monatsende die Bilanz stimmt. Wären die Kranken in diesem Krankenhaus bloßes Mittel, könnten sie sich nicht mehr auf eine sorgfältige, fachgerechte und menschliche Behandlung verlassen. Es käme dem Krankenhaus dann nur noch darauf an, mit möglichst wenig Aufwand an Personal und Material einen möglichst hohen Nutzen herauszuschlagen. Das ist das Gesetz des Marktes, dem wir mehr oder weniger alle unterworfen sind. Wir sind ihm zwar unterworfen, aber wir sind ihm nicht ausgeliefert. In einem Krankenhaus kann jeder Arzt, jede Krankenschwester, jede Reinigungskraft ein kleines, und sei es auch nur ein ganz kleines Stück dazutun, dass der Alltag und der Umgang menschlicher werden. Man mag einwenden, dass dadurch der Leistungsdruck, die Sparzwänge, der Zwang zu Überstunden nicht aufgehoben werden, dass mehr Menschlichkeit im Klinikalltag eine Utopie sei. Doch wenn der Mensch nicht nur als bloßes Mittel, sondern als ein Zweck, als ein Wert an sich selbst betrachtet werden soll, dann darf man zumindest diesen Gedanken nicht verwerfen, man muss an diesen Wert glauben und die Utopie bewahren. Sie hilft uns, jenseits aller gesellschaftlichen Zwänge jeden Menschen als wertvoll und würdig zu betrachten und ihn, und sei die Chance noch so winzig, auch so zu behandeln. Dadurch gibt man auch dem eigenen Leben Wert und Würde. Betrachte ich andere nur als Mittel für meine egoistischen Zwecke, nutze ich sie letztlich nur noch aus, lebe auf Kosten anderer, erniedrige mich damit selbst und habe die Achtung der anderen für mich verspielt. Erkenne ich den Wert und die Würde der anderen an, mache ich mich selbst würdig und wertvoll, auch von ihnen anerkannt zu werden.

Der Mensch ist wertvoll, weil er die Würde und die Freiheit hat, aus sich einen wahrhaften Menschen machen zu können. Diesem Wert ist es nicht abträglich, wenn der Mensch schwach, hilfe- und schutzbedürftig ist. Die Verletzlichkeit des Menschen macht den Menschen zum Menschen. Der Mensch ist kein Übermensch und gerade das macht ihn wertvoll.

Hilfe – Fünfzig

Mit einer kleinen hölzernen Kehrschaufel und dem dazugehörigen Besen fegte Heidi die Krümel von der Tischdecke. Normalerweise schüttelte sie die Decke aus, aber heute standen der Rosenstrauß und die Kerzen darauf. Sie warf die Krümel aus dem Fenster, ließ Schaufel und Feger auf dem Tisch liegen und ging in die Küche. Mal sehen, was vom Frühstück noch übrig war. Wie immer hatte sie zu viele Brötchen aufgebacken, sodass der Korb noch halb voll war. Eigentlich wollte sie nicht mehr so viel essen. Doch Essen tat gut. Heidi würde gut und gern einen Hula-Hoop-Reifen mittlerer Größe ausfüllen. Es schmeckte ihr einfach immer, vor allem, wenn sie traurig war. Herzhaft biss sie in das dick mit Nutella beschmierte Mohnbrötchen. Einmal, dachte sie, einmal in diesem Jahr oder einmal seit – ach sie wusste nicht mehr seit wie viel Jahren. Einmal hätte ihre Familie sie verwöhnen können. Ihr Mann hätte den Kaffee gekocht und die Brötchen aufgebacken, die Kinder hätten den Tisch gedeckt und die Kerzen angezündet. Die Familie hätte sie ausschlafen lassen, um sie dann mit einem fröhlichen Happy Birthday zu Tisch zu bitten. Ist denn das so schwer? Stattdessen war Heidi eine Stunde früher als die anderen aufgestanden, um alles gemütlich und feierlich herzurichten. Die Kerzen hatte sie selbst gekauft und aufgesteckt, mal grade, dass ihr Mann von selbst an Blumen gedacht hatte. Fünfundzwanzig Rosen waren es, fünfundzwanzig wünschte sie sich. Zweimal fünfundzwanzig, das war ihr jetziger Geburtstag. Heidi räumte das Geschirr in die Spülmaschine, überlegte, ob sie noch ein halbes Brötchen essen sollte. Aber nein, sie stopfte die Reste in eine viel zu kleine Plastiktüte. Das war sowieso für die Kaninchen. Ach ja, die mussten auch noch gefüttert werden. Das Kätzchen strich ihr hungrig um die Beine und auch der Hund wartete auf seine Ration. Dann noch die Betten von allen machen und dann .... Nach einer halben Stunde brühte Heidi sich einen Kaffee auf, altmodisch mit Heißwasser und Filter, so schmeckte er ihr am besten. Sie nahm die dampfende Tasse, goss einen Schluck kalter Milch hinein, so verbrannte sie sich wenigstens nicht die Zunge. Mit Angst hatte sie auf diesen Tag gewartet, auf ihren fünfzigsten Geburtstag. Mehr als die Hälfte des Lebens war nun vorbei, sollte es in Zukunft so weitergehen? So? Heidi starrte das Telefon an. Mit irgendjemandem wollte sie reden. Aber mit wem? Zwischen Arbeit, Haushalt, Familie, Tieren und Garten, wofür und für wen fand sie Zeit? Ob sie Elke anrufen könnte? Bei Elke hatte sie sich vielleicht vor einem Jahr das letzte Mal gemeldet. Heidis Hand spielte unschlüssig mit dem Telefonhörer. Hob ab, legte wieder auf, hob ab, drehte ihn hin und her. Sie schämte sich. Sie kümmerte sich einfach nicht um Elke. Erst jetzt, wo sie jemanden brauchte, erinnerte sie sich an sie. Aber was hätte sie tun sollen – das Haus, der Garten, der Mann, die Kinder, die Tiere? Heidi legte den Hörer auf und wollte aufstehen. Da klingelte das Telefon. „Hallo", meldete sich Heidi. „Hallo, ist da die Heidi?", fragte eine Frauenstimme. „Ha, hallo Elke, bist du es?" Heidi stotterte fast. Das konnte doch nicht wahr sein. Elke vergaß sie nicht, Elke dachte an ihren Geburtstag. Heidi begann zu schniefen. „Was ist denn, Heidi? Ich wollte dir doch nur zum Geburtstag gratulieren, da brauchst du doch nicht gleich zu weinen."

„Ach, Elke .... Ich .... ich brauch mal jemanden zum Reden. Kannst du kommen?"

„Na du bist gut, Heidi, erst höre ich ein ganzes Jahr lang nichts von dir und dann soll ich gleich vorbeikommen!"

„Ja ich weiß, aber es ist nur, ich bin jetzt fünfzig und mein Mann und die Kinder, und das Haus und der Garten und die Tiere. Keiner ist für mich da, ich bin immer nur für alle anderen da. Warum? Warum können die nicht mal für mich da sein? Warum haben sie mir nicht mal an meinem Geburtstag das Frühstück gemacht. Aber wenn du keine Zeit hast .... ich versteh das schon."

„Naja, Heidi, ich muss mal mit meinem Mann reden, heut ist Sonntag, wir hatten eigentlich schon Pläne für den Tag, aber wenn's brennt – wann soll ich da sein?"

„Wenn du kannst, gleich. Mein Mann und die Kinder sind mit den Rädern unterwegs, die kommen erst zum Mittagessen wieder. Bis dahin habe ich meine Ruhe. Die Tiere sind auch versorgt."

Elke wohnte im nächsten Dorf und stand eine halbe Stunde später vor Heidis Tür.

„Guck mal, Heidi, ich hab uns was mitgebracht." Elke hielt Heidi einen stattlichen Picknickkorb unter die Nase. „Schau, ich hab schnell zusammengepackt, was ich finden konnte, ein wenig Obst, Joghurt, Schnitzel von gestern, Kekse, sogar eine Flasche Sekt. Das nehmen wir jetzt und dann lassen wir Mann Mann, Kinder Kinder, Garten Garten, Haus Haus und Tiere Tiere sein. Dann fahren wir einfach weg, an den schönen Liepnitzsee, nur wir beide und dann erzählst du mir mal, was mit dir los ist. Dein Mann und deine Kinder, die können auch mal ohne dich essen. Und wenn du ihnen noch am Geburtstag alles hinterhertragen musst, dann ist das der richtige Tag, um damit endlich aufzuhören, denke ich."

Heidi spähte in den Korb. Oh, Kekse mit Schokoglasur, die mochte sie besonders gern. „Elke, das geht nicht. Das geht auf gar keinen Fall. Mit dem Korb und dem Picknick, das ist wirklich reizend von dir, aber es geht nicht. Mein Mann steht Kopf. Du kennst ihn doch. Wenn ich zum Mittagessen am Geburtstag nicht da bin, spielt er verrückt. Aber, komm erst mal rein. Soll ich dir auch einen frischen Kaffee brühen?" Gegen Kaffee hatte Elke nichts einzuwenden. Sie stellte den Korb auf den Küchentisch und ließ sich auf einen Stuhl fallen. „Heidi, so geht das doch schon seit Jahren mit dir und deinem Mann. Du musst ihm endlich zeigen, wo der Hammer hängt. Du musst ihm zeigen, was du möchtest, wer du bist, wer die Heidi ist und dass man sie ernst nehmen muss. Du musst mit ihm reden, anders geht es nicht."

„Ich will ja, aber er redet nicht. Er bezeichnet mich höchstens als Labertasche."

„Dann musst du handeln. Was ist, wenn du nicht mehr kochst? Was ist, wenn du nicht mehr die Wäsche machst? Was wird aus dem Garten ohne dich? Was ist, wenn du nicht mehr aufräumst und putzt? Werden die Tiere verhungern, wenn du sie nicht mehr fütterst?"

„Dann lässt er sich scheiden. Ich hab solche Angst, dass er sich scheiden lässt. Ich würde gern einmal tun, was ich will, aber ich trau mich nicht."

„Heidi" Elke holte tief Luft, „dir scheint es, als hättest du keine Wahl. Aber das stimmt nicht, man hat immer eine Wahl. Du hast die Wahl, endlich deine Angst zu überwinden und neue Schritte zu wagen oder unglücklich zu bleiben und vor lauter Unglück auch noch krank zu werden. Fang doch heute an. Ich will dich gar nicht überreden, mit mir zum Picknick zu fahren. Ich trinke jetzt meinen Kaffee aus und fahre nach Hause. Und dann überlegst du dir, ob du nicht heute, heute, gerade heute an deinem fünfzigsten Geburtstag einmal mutig sein willst. Wenn ja, rufst du mich an, bevor deine Familie zurückkommt, dann hole ich dich ab und wir fahren zum Liepnitzsee. Den Korb lasse ich dir hier." Elke leerte ihre Kaffeetasse. Heidi hatte sich ihr gegenüber gesetzt und das Gesicht in den Händen vergraben. Sie fuhr sich durch die Haare, schob die Unterlippe vor und schwieg.

„Na, was überlegst du?", fragte Elke.

„Vielleicht hast du Recht. Ich bin ängstlich und feige. Ich weiß das. Aber wie soll ich da raus kommen?

„Das kannst nur du selber wissen. Meine Meinung kennst du, ich fahre jetzt, du weißt, wie du mich erreichst." Elke kraulte die Katze, die gerade zur Küche hereingeschlichen kam und ging dann zur Tür. „Warte, ich bring dich noch.", sagte Heidi, „egal was, ich melde mich bei dir. Und danke, du hast mir schon sehr geholfen."

Heidi ging in die Küche und betrachtete den Korb. Was schaute da noch hervor? Studentenfutter. Sie kramte. Ein kleiner Rührkuchen, zwar gekauft, aber manchmal schmecken die auch nicht schlecht. An Geschirr hatte Elke nicht gedacht. Irgendwo, irgendwo mussten noch Plastiktassen und Teller stehen. Heidi kletterte auf einen Stuhl. Ja, da war die Kiste, oben auf dem Küchenschrank. Also, zwei Teller, zwei Tassen. Und ein Tischtuch fehlte noch. Heidi lief zum Wäscheschrank und brachte gleich noch eine leichte Wolldecke mit. Sie nahm alles aus dem Korb, legte unten das Geschirr hinein, stapelte den Kuchen, die Schnitzel und all die anderen Sachen darauf und legte zum Schluss das Geschirrtuch und die Decke obenauf. Der Korb war bis zum Henkel prall gefüllt. „Ja", dachte Heidi, „so geht es nicht weiter. Elke hat Recht. Ich bin nicht die Putzfrau der Familie und heute, heute an meinem fünfzigsten Geburtstag werde ich es allen beweisen. Ich werde ihnen beweisen, dass es eine Heidi gibt, die weiß, was sie wert ist und die man nicht nach Lust und Laune herumschubsen kann. .... Aber wie wird er reagieren? Was werden die Kinder sagen? Ich habe doch auch eine Verantwortung. .... Nein, nein so geht es nicht weiter, Elke hat Recht." Heidi ging zum Telefon. Sie nahm den Hörer in die

Hand. Legte auf, klopfte mit den Fingern auf den Hörer, nahm wieder den Hörer in die Hand. Sie hielt den Hörer ans Ohr. Kein Freizeichen. Nanu? Sie legte den Hörer wieder auf, hielt ihn wieder ans Ohr. Nein, die Leitung war tot. Heidi zog den Stecker, steckte ihn wieder ein. Versuchte erneut. Es half nichts, das Telefon war kaputt. Heidi ging auf den Korridor, kramte in ihrer Handtasche nach ihrem Handy. Sie zitterte und das Handy prallte mit einem Knall auf die Fliesen. Heidi bückte sich. Das Handy war aus. Sie versuchte, es anzuschalten, aber es ging nicht. Tja, Telefon tot, Handy kaputt, da kann man halt nichts machen.

Keine Zeit

„Beeil dich!", „Trödel nicht so!", „Schlaf nicht ein beim Essen!", „Träum nicht!" – Jeden Morgen das Gleiche. Papa musste morgens als Erster aus dem Haus. Er drückte der Mama und Pit ein flüchtiges Küsschen auf die Wange und rauschte zur Tür hinaus. Die Mama trieb zur Eile. Ihr Kaffee stand auf dem Küchentisch, sie schmierte für sich und Pit Marmeladentoasts. Sie rief nach Pit, wo er denn so lange bleibe, sie habe es sehr eilig. Die Schule warte auch nicht. Die Mama packte Sachen in ihre Tasche, biss zwischendurch von ihrem Toast ab. Pit stand im Badezimmer und schrubbte sich in aller Gründlichkeit die Zähne. „So geht das nicht Pit, so werden wir ja nie fertig. Hör auf mit Zähneputzen und zieh dich an." Schon schlüpfte Mama in ihre Stiefel. Pit stolperte aus seinem Schlafanzug, verdrehte beim Anziehen die Unterwäsche und fand nicht das richtige Hosenbein. „So geht das nicht, Pit. Wenn das so weiter geht, kommst du zu spät zur Schule und ich schaff's auch nicht mehr pünktlich." Die Mama zog Pit die Hose wieder aus, zerrte an der Unterwäsche. „Zieh mal selber richtig rum an, Pit." Als er endlich richtig angezogen war, ging Pit in die Küche, um seinen Kakao zu trinken. „Ih, da ist Haut drauf, das trinke ich nicht." „Dann lass stehn, nimm den Toast, wir müssen." Die Mama steckte Tim in den Anorak und band ihm selbst die Schnürsenkel zu, damit es schneller ging. Im Stehen leckte Pit die Marmelade vom Toast. „Wenn du heute den Toast wieder nicht aufisst, brauchst du auch kein Frühstück in der Schule. Also, was ist jetzt mit dem Toast?" Pit biss in den Toast und verschluckte sich. „So, jetzt reichts, Pit, Frühstück ist vorbei." Damit fasste die Mama Pit bei der Hand und zog ihn zur Wohnungstür hinaus.

Im Unterricht lernte Pit gerade das kleine s schreiben. Aber statt zu üben und nachzuzeichnen, wie die Lehrerin die Buchstaben an der Tafel vorzeichnete, malte Pit Kringel und Girlanden in sein Heft. Zwischendurch sah er aus dem Fenster. Es fing gerade an hell zu werden. Ein ganz zartes Rosa zeigte sich zwischen dem Dämmergrau. Ob es heute schneien würde? „Pit, wenn du weiter so träumst, wirst du nie das kleine s schreiben lernen." „Nie", „nie", „nie" hallte die Stimme der Lehrerin in Pits Kopf. Nie würde er das kleine s schreiben lernen. Nie hatten die Mama und der Papa richtig für ihn Zeit. Das war viel schlimmer. Morgens musste er sich immer beeilen. Wenn Pit nachmittags von der Schule kam, arbeiteten die Eltern noch. Papa kam meistens so spät, dass er ihm geradeso noch gute Nacht sagen konnte. Und wenn Mama kam, musste sie noch einkaufen, waschen, bügeln, kochen, aufräumen. Aber für ihn, für Pit, hatten sie keine Zeit. Na gut, Pit malte ein kleines s in sein Heft. Es sah so ähnlich aus wie eine seiner Girlanden. „Du musst das s mit einem kleinen Anstrich schreiben, dann ist es richtig.", vernahm Pit die Stimme der Lehrerin. „So und jetzt schreiben wir zwei Zeilen kleine s in unsere Hefte." Pits Gedanken gingen schon längst wieder spazieren. Was konnte er tun, damit die Eltern endlich mehr Zeit für ihn hätten? Er malte Kringel, die aussahen wie kleine und große s und dachte nach. Da kam ihm eine Idee. Mama und Papa guckten ständig auf die Uhr. Und immer wenn sie auf die Uhr guckten, beeilten sie sich. Immer wenn sie auf die Uhr guckten, hatten sie keine Zeit. Vielleicht hätten Mama und Papa ja mehr Zeit, wenn sie nicht mehr ständig auf die Uhr gucken müssten? Wie wäre es, wenn es keine Uhren mehr gäbe? Auf der ganzen Welt? Dann müssten alle Menschen sich nicht mehr so beeilen. Aber wenn es zu Hause keine Uhren mehr gäbe, würde das ja fürs Erste reichen, dachte Pit. Oder wenn er die Uhren irgendwie anhalten könnte. Jetzt malte er s mit Anstrich, s um s, wie die Lehrerin es wollte, zwei Zeilen.

Pit bummelte von der Schule nach Hause. Er blieb stehen, um ein paar Scherben einer zersplitterten Bierflasche zu betrachten und überlegte, ob er einige davon mitnehmen könnte. Da seine Anoraktaschen aber schon mit allerhand anderen Schätzen vollgestopft waren, entschloss er sich, die Scherben liegen zu lassen. Gong, gong, gong, gong hörte er die Kirchturmuhr zur vollen Stunde schlagen. Das Gong klang so gemütlich, es klang fast so, als würde die Zeit stehen bleiben. Aber ob Uhren tickten, schlugen oder gar keinen Ton von sich gaben, die Zeiger und Zahlen wanderten unaufhaltsam fort. Wenn plötzlich alle Uhren stehen blieben, dann müsste man morgens nicht mehr sein Frühstück herunterschlingen, man müsste nicht zur Schule oder zur Arbeit hasten – und die Mama und der Papa würden es nicht den ganzen Tag eilig haben. Sie könnten sich in Ruhe für alles Zeit nehmen, was sie wirklich möchten. Pit schloss die Wohnungstür auf, schlüpfte aus den Schuhen, die er immer mitten auf dem Flur liegen ließ, ging in sein Zimmer und warf Schultasche und Turnbeutel in die Ecke. Dann ging er in die Küche. Die Küchenuhr hing ziemlich weit oben, über dem Fenster. Die Uhr war blauweiß gemustert, aus Porzellan, mit zwei schwarzen, verschnörkelten Zeigern. Die Küchenuhr, dachte Pit, die Küchenuhr halte ich als erstes an. Nie kann ich morgens in Ruhe meinen Kakao trinken. Und die Mama hat keine Zeit, mit mir zusammen am Tisch zu sitzen. Wenn wir nicht ständig dieses blöde Ticktack hören müssten, dann könnten wir auch gemütlich frühstücken. Aber wie an die Küchenuhr rankommen? Pit schob einen Küchenstuhl unter das Fenster und kletterte hinauf. Nie und nimmer kam er an die Uhr heran. Er stieg wieder herunter und dachte nach. Vielleicht ein Besen? Gesagt, getan. Pit kramte hinter dem Vorhang einen Besen hervor, stieg auf den Stuhl und stuckte gegen die Uhr. Tick, tack, tick, tack. Sie hörte nicht auf zu ticken. Pit stuckte stärker und plauz, fiel die Uhr mit lautem Scheppern auf den Boden und zerbarst. Pit stand auf dem Stuhl und rührte sich nicht. Den Besen ließ er fallen. Was war passiert? Die Uhr war kaputt. Aber das wollte er doch gar nicht. Er hörte einen Schlüssel im Schloss knacken. Die Mama. Viel früher als sonst.

„Du liebe Zeit, was ist denn hier passiert? Pit, warst du das?" Pit stand immer noch auf dem Stuhl und fing an zu weinen. „Ich wollte, ich wollte, ich wollte doch nur die Uhr anhalten. Und da ist sie heruntergefallen. Das war aber nicht mit Absicht."

„Na, komm erst mal runter vom Stuhl, Pit. Vorsichtig, tritt nicht in die Scherben. Schade, dass die Uhr kaputt ist. Oma hat sie mir geschenkt, ein bisschen traurig bin ich schon. Aber warum wolltest du denn die Uhr anhalten, Pit?"

„Nie hast du richtig Zeit, immer muss ich mich beeilen und ganz schnell meinen Kakao austrinken und ganz schnell den Toast essen. Ich möchte aber mal, dass ich Zeit habe und dass du auch mal Zeit hast und der Papa auch. Und wenn es immer ticktack, ticktack macht, habt ihr nie Zeit. Und da wollte ich die Uhren anhalten."

„Komm, Pit, wir fegen die Scherben zusammen, dann mache ich uns einen Kakao und dann reden wir noch mal über die Uhr."

Pit kehrte mit dem Besen die Scherben, die sich in der ganzen Küche verteilt hatten, zusammen. Die Mama setzte Milch auf und rührte den Kakao an.

„Siehst du Pit, jetzt macht es nicht mehr Ticktack und ich kann in Ruhe mit dir reden. Weißt du, die Erwachsenen brauchen die Uhren. Sie haben sehr viel zu tun. Sie müssen Geld verdienen, einkaufen, waschen, kochen, saubermachen und vieles andere. Das können sie nicht alles gleichzeitig tun, sondern nur nacheinander. Und damit sie bei den vielen Aufgaben nicht durcheinander kommen und nichts vergessen, dafür gibt es Uhren. Du brauchst noch keine Uhr, weil Papa und ich dir immer sagen, wann du etwas tun musst. Aber später musst du es von selber wissen, und dann brauchst du auch eine Uhr."

„Aber warum hast du wo wenig Zeit für mich, Mama? Sagt dir deine Uhr nicht, dass ich auch Zeit brauche?"

„Weißt du Pit, manchmal habe ich so viel zu tun, dass ich ganz vergesse, dass du auch Zeit brauchst.

Deswegen danke ich dir, dass du mich heute daran erinnert hast, und deswegen bin ich gar nicht so traurig, dass die Küchenuhr jetzt kaputt ist. Die Uhr sagt mir nicht, wofür ich mir Zeit nehmen muss. Das muss ich mir schon selbst sagen. Aber manchmal weiß ich gar nicht, wie ich alles schaffen soll und wann ich noch Zeit für dich finde."

„Aber ich kann dir doch helfen, Mama."

„Vielleicht hast du Recht Pit. Du bist zwar noch klein, aber bei manchen Dingen kannst du mir helfen, zum Beispiel den Geschirrspüler ausräumen oder den Tisch decken oder dein Zimmer aufräumen. Und wenn du mir ein bisschen hilfst, macht die Arbeit mehr Spaß und ich habe auch mehr Zeit für dich. Und morgens, morgens stehen wir eine Viertelstunde eher auf, dann können wir beide gemütlich frühstücken. Und mit der Uhr, das ist halb so schlimm. Morgen kaufen wir eine neue."

„Darf ich mitkommen und eine aussuchen?", fragte Pit.

„Natürlich, wir gehen zusammen einkaufen."

„Aber was sagen wir der Oma, die Uhr war doch ein Geschenk?"

Die Mama sagte: „Das erkläre ich der Oma schon. Schließlich bin ich ja Schuld, dass die Uhr kaputt ist. Hätte ich mehr Zeit für die gehabt, hättest du die Uhr nicht anhalten müssen. Und dann wäre sie auch nicht kaputt gegangen. Aber schau, wir haben es jetzt schon halb vier. Du musst deine Hausaufgaben machen und ich habe auch zu tun."

Die Mama ging ins Bad und begann, die Waschmaschine zu füllen. Pit stellte die Kakaotassen in den Geschirrspüler. Dann ging er zum Mülleimer. Er hob den Deckel an und spähte hinein. Bestimmt waren da noch einige blauweiß gemusterte Scherben, die konnte er gut gebrauchen.

Was ist Glück?

Die Nele kam von der Schule nach Hause. Sie weinte. Ich bin so unglücklich, sagte sie der Mama, ich habe heute in Deutsch eine Sechs bekommen. Die Mama nahm sie in den Arm und seufzte. Ich bin so unglücklich, sagte die Mama, ich habe drei Kilo zugenommen. Das hörte der Papa. Er nahm die Mama in den Arm und sagte: Du gefällst mir so, wie du bist. Der Papa zog die Stirn in Falten, stöhnte und sagte: Ich bin so unglücklich, ich muss so viele Überstunden machen und weiß nicht, wie ich das verhindern kann. Da kam der Tom aus dem Kinderzimmer und fragte den Papa, warum er so ein sorgenvolles Gesicht zog. Der Tom nahm den Papa in den Arm, fing an zu schluchzen und sagte: Ich bin so unglücklich, mein Meerschweinchen ist krank, bestimmt wird es bald sterben. Der Opa nahm Tom in den Arm, strich ihm über das Haar und sagte: Wir müssen alle einmal sterben. Aber bis dahin können wir füreinander da sein.

Wärme, Verständnis und Trost – Wer das verstanden hat, weiß, wie er andere Menschen und auch sich selbst glücklich machen kann.

Oma Röschen

Den Namen Röschen habe ich meiner Oma als Kind gegeben, weil sie immer eine rote Stoffrose im Haar trug. Überhaupt war sie eine Frau, die auf ihr Äußeres hielt – farblich aufeinander abgestimmte Kleidung und Schmuck, Lippenstift, Lidstrich und die leichte Tönung der Haare fehlten nie, selbst als sie schon in den Achtzigern war. Ich habe meine Oma erst zu lieben gelernt, als ich die Schule schon verlassen hatte. Als Kind fühlte ich mich bei ihr wohl, entweder spielten mein Bruder und ich gemeinsam in ihrem wunderschönen Gärtchen oder ich vertrieb mir allein die Zeit dort und verspürte nie Langeweile. Der Rhododendron duftete, die Erdbeeren schmeckten süß, die Johannisbeeren lockten, der Pflaumen- und der Apfelbaum spendeten angenehmen Schatten. Auf der Hollywoodschaukel konnte ich unter der großen Tanne vor mich hin träumen. In der Gartenlaube krabbelte ich durch alle Zimmer und durch ein Fenster, das vom Schlafzimmer auf die Veranda führte. Oma kochte wunderbare Eintöpfe, hinterher gab es leichte Puddings mit Obst. Nur auf die Toilette traute ich mich manchmal nicht, weil da eine Brockenhexe von der Decke herunterhing. Oma pflegte den Garten, mähte das Gras, grub die Erde um, jätete das Unkraut. Meine einzige Arbeit bestand in der Ernte, im Entstielen und Einzuckern der Früchte. Der Garten, das war das halbe Leben meiner Oma, den hatte sie sich mit Opa aufgebaut. Opa ist gestorben, als ich acht Jahre alt war, ich erinnere mich nur dunkel an ihn. Er hatte nur einen Arm, mit dem er aber Kartoffeln schälen und Puppenwiegen bauen konnte. Nur die Schnürsenkel konnte er sich nicht zubinden, da musste Oma helfen.

Später, als ich erwachsen war, besuchte ich meine Oma nur sehr selten in ihrem Garten. Sie beklagte sich oft darüber, so wie sie sich oft über ihre Einsamkeit beklagte. Das ist es, warum ich sie auch lange Zeit nicht in mein Herz schließen konnte, ihr ständiges Barmen und Klagen. Ich habe es als Kind nicht verstanden, warum sie immer nur vom Krieg erzählt hat. Sie erlebte den zweiten Weltkrieg als junge Frau von Anfang zwanzig in Berlin, hatte ein Kleinkind, meinen Vater, großzuziehen. Sie erzählte von brennenden, zerbombten Häusern, von Verschütteten, dem

Verlust von Hab und Gut. Mir kam das als Dreizehnjährige alles unwirklich und ganz weit weg vor. Ich habe mich nicht in Oma hineinversetzt, in diese Erlebnisse, die ihr Leben bis ins hohe Alter geprägt haben. Sie verlor im Krieg ihren ersten Mann, meinen leiblichen Opa, und mein zweiter Opa wurde ihr viel zu früh durch einen Herzinfarkt genommen. Auch darüber klagte sie oft, dass das Leben ihr zwei Männer genommen hätte. Ich mochte das nicht, dieses Klagen und Barmen, hatte kein Verständnis dafür. Wenn sie unsere Familie besuchte und in mein Zimmer kam, stellte sie sich zwischen meinen Schreibtischstuhl, auf dem ich saß, und den Ofen, der dahinter war, und erzählte endlos. Ich muss gestehen, dass ich eigentlich nie zugehört habe. Zum einen Ohr rein und zum anderen heraus. Es war sowieso immer das Gleiche. Auch später, als sich mein Verhältnis zu ihr gebessert hatte, hörte ich nicht zu. Sie lud mich zu sich zum Kaffeetrinken ein, erzählte ihre Kriegsgeschichten und ich hörte nicht zu. Ich mache mir heute große Vorwürfe deswegen. Uns liebe Menschen können nach ihrem Tod nur in unserer Erinnerung fortleben. Wenn wir zu Lebzeiten nichts von ihnen erfahren haben, werden wir sie schneller als uns lieb ist, vergessen. Erzählen wir einander unsere Geschichten, so werden wir auch unser Andenken bewahren. Das ist mir wichtiger als ein paar Blumen auf dem Grab.

Aber von einer Sache hat Oma immer gesprochen, danach hat sie sich gesehnt und diese Sehnsucht werde ich auch als das, was ihr eigen war und was sie ausgemacht hat, in Erinnerung behalten. Sie wünschte sich in ihrem ganzen Leben nichts sehnlicher als eine heile, funktionierende Familie, in der einer für den anderen da ist. Sie selbst war kein gebender Mensch, sie beanspruchte für sich sehr viel Aufmerksamkeit, wenn sie bei unserer Familie zu Besuch war, musste sich die Welt um sie drehen. Sie konnte sich schwer auf die Bedürfnisse anderer Menschen um sie herum einstellen, außer auf uns als Kinder in ihrem Garten. Trotzdem hatte sie eine Vorstellung davon, wie es ist, wenn jeder in der Familie für den anderen sorgt, Anteil an seinen Sorgen und Nöten nimmt und alle füreinander da sind. Später, als ich in ihrem Haus, eine Etage unter ihr lebte, sie war vielleicht siebzig, fünfundsiebzig, in dieser Zeit habe ich sie auch als gebenden Menschen kennengelernt. Ich will nicht sagen, dass sie in dieser Zeit ein gebender Mensch geworden ist, nein, ich habe diese Seite an ihr neu entdeckt. Sie hat mich ein Jahr lang, als ich nicht wusste, wohin mit mir, in ihrer Wohnung beherbergt. Sie hat mir geholfen, diese kleine Wohnung in ihrem Haus zu bekommen und sie hat mich mit Mahlzeiten versorgt. Sie unterstützte mich wirklich nach allen Kräften. Und selbst, als ich ihre Unterstützung nicht mehr benötigte, legte sie eine Liebenswürdigkeit an den Tag, die ich schon fast als Wärme bezeichnen würde. Ich glaube, dass meine Oma ein weiches, vielleicht auch ein warmes Herz hatte, sie konnte es nur nicht richtig zeigen. Man darf die Verletzungen nicht unterschätzen, die der Verlust von Menschen hinterlässt. Meine Oma wuchs ohne Vater auf, er war früh durch einen Unfall ums Leben gekommen. Dann der Tod ihrer Männer und zuletzt auch noch der Zerfall der Familie ihres Sohnes, meines Vaters. In meinen Vater hatte sie so viel Hoffnung gesetzt und er hat sie oft enttäuscht, zuletzt durch die Trennung von meiner Mutter. Trotzdem war sie ihm bis zu ihrem letzten Atemzug gut und hat ihm alle Verletzungen verziehen.

Meiner Mutter verdanke ich es, dass ich meine Oma kurz vor ihrem Tode noch einmal sehen konnte. Ich war schwer krank, doch meine Mutter überzeugte mich, ich solle noch einmal zu Oma ins Pflegeheim fahren. Ich bin ihr heute sehr dankbar dafür. Oma war schon sehr geschwächt, aber sie merkte, dass ich da bin und hat meinen Namen ausgesprochen. So blieb sie mir in guter Erinnerung. Wenn ich heute durch die Parkstraße an ihrem Fenster vorbeifahre, fehlt mir ihr vertrautes Gesicht, ihr freundliches Winken. Ich denke zurück an ihre Erzählungen von den Bombennächten, mache mir Vorwürfe, dass ich nicht mehr von Oma weiß als ich hätte wissen können, verzeihe mir aber auch gleichzeitig. Diese Schicksale sind für einen Menschen, der im Frieden aufgewachsen ist, groß und unfassbar.

Poesiealbum und Wecker mit Wackelaugen

War es in Rosa eingepackt, in Hellblau, in Blumenpapier mit gelben oder roten Rosen? Ich weiß es nicht mehr, aber Blumenpapier mit roten Rosen und einer roten Stoffschleife drumherum hätte auf jeden Fall gepasst. Ich weiß auch nicht mehr, ob ich es mir von meinen Eltern oder von meiner Tante aus Westdeutschland gewünscht hatte. Sicher ist, ich hatte es mir sehnlichst gewünscht und es lag auf meinem Geburtstagstisch, eingepackt in Papier mit roten Rosen und einer großen roten Schleife drumherum. Ich erinnere mich auch nicht einmal, welcher Geburtstag es war. Aber sagen wir, es hätte gut und gern der zwölfte sein können. Ich fühlte mich nicht mehr als Kind, aber ans Erwachsensein ließ sich noch lange nicht denken. Ich erinnere mich eigentlich überhaupt nicht mehr an diesen Geburtstag – wo, wann, mit wem oder wie wir ihn gefeiert haben, wie der Gabentisch aussah, wer vielleicht zu Gast war. Aber an dieses eine Geschenk erinnere ich mich so genau, als wäre gerade heute mein Geburtstag und als hätte ich gerade eben die rote

Schleife aufgezogen und mein ersehntes Geschenk aus dem knisternden Rosenpapier ausgepackt. Eigentlich ist es kein Wunder, dass ich mich an den Geburtstag kaum erinnere, denn meine Geburtstage verliefen in jedem Jahr nach dem gleichen Ritual. Mir wurde das seltene Glück zuteil, meinen Geburtstag meistens drei bis vier Mal feiern zu dürfen. Mitte August, genau genommen, der 19. August, fiel nämlich immer in die Ferienzeit. Und die verbrachte unsere Familie meist an einem netten Urlaubsort irgendwo in den Bergen oder an der See. Sollte mein zwölfter Geburtstag also, sagen wir, im schönen Ostseekurort Kühlungsborn stattgefunden haben, so wurde er dort auch das erste Mal gefeiert. Meist bastelte meine Mutter ein Kerzengesteck aus Moos und Heide, es gab ein kleines urlaubsangemessenes Geschenk und nachmittags Kuchen oder Eis für die ganze Familie. Die hauptsächliche Beschenkung aber fand nach dem Urlaub in den heimatlichen vier Wänden statt. Hier stand dann der Gabentisch, geschmückt mit einem großen Blumenstrauß und all den größeren und kleineren Dingen, die mein Herz ersehnt hatte, natürlich auch mit etlichen Überraschungen und vor allem mit der Geburtstagspost meiner Freundinnen und Verwandten, auf die ich mich immer sehr freute. An diese Bescherung, die meist an dem Wochenende stattfand, an dem wir aus dem Urlaub zurückkehrten, schloss sich meist ein bis zwei Wochen später eine nachträgliche Kaffeetafel mit meiner Oma an, die sich sonst ausgeschlossen gefühlt hätte. Und wenn dann die Ferien vorüber waren und die Schule wieder begann, erst dann kamen ja auch meine Schulfreundinnen aus den Ferien zurück, sodass ich endlich, im September, noch einmal mit meinen Freundinnen Geburtstag feiern durfte. Es erschien mir also immer als großer Vorteil, ausgerechnet am 19. August Geburtstag zu haben. Und an diesem 19. August 1985, also an meinem zwölften Geburtstag, an dem Wochenende nach dem Urlaub, da lag es auf meinem Gabentisch: mein Poesiealbum. Ich erwartete es nicht, rechnete nicht damit. Es war eine wirkliche Überraschung, obwohl ich es mir so sehr gewünscht hatte. Und es entsprach genau meiner Vorstellung: in einem schlichten, hellgrauen Leineneinband, vorn ein klarer, dunkler Schriftzug „Poesiealbum" und innen Seiten von blütenweißem, feinem Papier und ein weißes Merkbändchen.

Auf die Idee, mir ein Poesiealbum zu wünschen, bin ich eigentlich gekommen, als ich in der Erinnerungsschublade meiner Mutter kramen durfte. Da fanden sich verschiedene Dinge wie alte Schulhefte, ein säuberlich geordnetes Kochbuch mit verschiedenen Registern für Suppen, Gemüse, Fleischgerichte und Kuchen und eben auch Mutters altes Poesiealbum. Ich blätterte darin, besah mir die bunten Lackbildchen mit Engeln, Blütenkörben und Rosen. Ja, so etwas Schönes mit der Erinnerung an meine Freundinnen, Klassenkameraden und Lehrer, das wollte ich auch gern haben.

Ich erinnere mich aber noch an einen anderen Wunsch. Es war auch ein Geburtstagswunsch, der Wecker mit den Wackelaugen. Ja, der Wecker mit den Wackelaugen, das war ein lustiges Ding. Er hatte die Form eines altertümlichen Weckers, oben mit zwei Schellen, die ein schnelles Pendel zum Klingeln brachte. Auf dem Uhrzeigerblatt lachte ein lustiges Gesicht und statt eines Sekundenzeigers gaben zwei parallel laufende Wackelaugen den Sekundentakt an. Und diesen Wecker erblickte ich einige Zeit vor meinem zehnten Geburtstag im Uhrenladen. Er war der

Inbegriff meiner Kinderträume. Jedes Mal, wenn ich mit Mutter oder Vater an dem Geschäft vorbeikam, erinnerte ich sie daran, dass ich mir auch genau diesen Wecker, und zwar in Blau, zum Geburtstag wünschen würde. Und der Geburtstag nahte und damit wuchs die Ungewissheit, den Wecker mit den Wackelaugen auch tatsächlich geschenkt zu bekommen. Die Ungewissheit und die Neugier waren so groß, dass ich mich in unserer Wohnung auf die Suche nach meinem ersehnten Geschenk begab. Ich ahnte, dass die Eltern die Geschenke im Schlafzimmer versteckt hielten. Ich musste auch gar nicht lange suchen, da fand ich schon das Geheimfach. Ich schwöre, es war das einzige Mal, dass ich darin gestöbert habe. Und natürlich fand ich ihn, den Wecker mit den Wackelaugen. Ich empfand eine gewisse Erleichterung und auch Freude, dass ich ihn nun wirklich bekommen würde. Aber ein bisschen schämte ich mich auch, dass ich es nicht ausgehalten habe vor Neugier und Ungeduld. Außerdem, wie sollte ich meinen Eltern meine wirkliche Freude zeigen, denn ich hatte mich ja schon gefreut. Na ja, ich beschloss dann, mich so zu freuen, als würde ich den Wecker zum ersten Mal erblicken. Das war zwar nicht ganz ehrlich, aber unehrlich war es im Grunde genommen auch nicht, weil ich mich ja immer noch über den Wecker freute. Er war eben nur keine Überraschung mehr.

Doch eigentlich wollte ich noch ein bisschen von dem Poesiealbum erzählen. Mit fünfzehn hatte ich einen Anfall von Reinigungswut, in dem ich alle alten Thälmannabzeichen, Urkunden für gutes Lernen, überflüssige Plastikarmreifen und leider auch mein geliebtes Poesiealbum entsorgt habe. Ich empfand es plötzlich als überflüssig und kitschig. Heute tut mir das sehr Leid, aber so bleibt mir wenigstens die Erinnerung. Meine Mutter schrieb mir nie etwas in mein Poesiealbum, obwohl ich ihr extra ganz weit vorn eine Seite frei gelassen habe. Sicherlich wollte sie mir immer einen ganz besonderen Vers hineinschreiben, einen, der mich mein Leben lang begleitet. Aber sie ist da eher praktisch veranlagt. Sie schreibt keine Verse zum Begleiten, nein, sie begleitet einfach, obwohl es lange Zeiten gab, in denen ich ihr ganz entglitten zu sein schien. Mein Vater hat einen sehr schönen Spruch geschrieben. Er lautet: Öffne zum Geben deine Hand, zum Nachgeben dein Gemüt und zum Vergeben dein Herz. Diesen Spruch versuchte ich auch nach Möglichkeit in meinem Leben umzusetzen. Ich erinnere mich jedoch nicht, dass meine Brüder mir irgendetwas in mein Poesiealbum geschrieben hätten. Haften geblieben sind mir noch die Weisheiten meiner Schulfreundin, einer Mitschülerin aus dem Musikschulorchester, meiner Klassenlehrerin und ein paar ganz liebe Worte von meiner Oma. Die Schulfreundin Hannah verewigte sich mit dem Spruch: Wir leben nicht, um zu arbeiten, sondern wir arbeiten, um zu leben. Die bittere Wahrheit dieses Spruches musste ich in späteren Jahren erfahren als ich über das viele Arbeiten das Leben vergessen hatte und darüber schwer krank geworden bin. Aber jetzt bin ich gerade dabei, wieder die richtige Ordnung der Dinge zu erlernen.

Die Weisheit meiner Orchestermitschülerin Lea zu beherzigen, fiel mir allerdings nie schwer. Sie schrieb mir von Robert Schumann: Wenn wir alle immer die erste Violine spielen wollten, würden wir nie ein Orchester zusammenbekommen. Im Orchester spielte ich aufgrund meiner mäßigen Begabung sowieso meist nur die zweite Violine. Im tatsächlichen

Leben spielte ich gern und oft die erste, aber es fiel mir auch überhaupt nicht schwer, eine geraume Zeit einfach mal zweite oder dritte Geige zu spielen. Ich fühlte mich sogar wohl dabei. Ja, meine Klassenlehrerin schrieb den Spruch in mein Album, den alle Klassenlehrer wohl schon seit Jahrzehnten in die Alben ihrer Schüler schreiben und der ja auch stimmt: Lernen ist wie Schwimmen gegen den Strom, hört man damit auf, fällt man zurück.

Schließen möchte ich mit dem Spruch meiner Oma. Sie schrieb mir: Meine liebe Jana! Du weißt, ich habe dich immer geliebt wie meine eigene Tochter. Aus dem Krieg kann ich mich noch an ein langes Gedicht erinnern, dessen Zeilen mir meist entfallen sind. Die wichtigsten Zeilen aber waren die letzten und die möchte ich dir, meine liebe Enkelin, gern in dein schönes Album schreiben.

.... dem Winde trotzen und im Sturm nicht zagen,

    das Unvermeidliche mit Würde tragen.
    Sind Blümlein, die im Sturm bestehn.
    Sind Sternlein, die nie untergehn.

Susi will beten

Eins, zwei, drei, vier und – Susi blies die fünfte Kerze auf dem Gugelhupf aus, den Birgit, ihre Mutti ihr zum Geburtstag auf den Frühstückstisch gestellt hatte. Dann faltete sie die Hände, schloss die Augen und sagte feierlich „Amen". Als Susi die Augen wieder öffnete, fragte Birgit ganz erstaunt: „Wie kommst du denn auf diese Idee?" „Was denn für eine Idee?", wunderte sich Susi. „Na, wie kommst du auf die Idee zu beten?"

„Was ist denn beten?" „Na, wenn man die Augen schließt, die Hände faltet und Amen sagt, so wie du es eben getan hast, dann nennt man das beten.", erklärte Birgit. „Also nicht nur das, aber das gehört dazu. Und warum betest du nun, Susi?" „Ich weiß nicht, Max hat das im Kindergarten gemacht und da habe ich das auch mal probiert." „Weißt du was Susi, so einfach ist das mit dem Beten nicht. Ich bringe dich jetzt in den Kindergarten. Wenn du magst, fragst du den Max mal, warum er betet. Wenn du möchtest, darfst du auch mitbeten. Und heute Abend, wenn wir zusammen Abendbrot gegessen haben, du dir den Hals gewaschen und die Zähne geputzt hast, dann machen wir es uns gemütlich, zünden eine schöne Kerze an und dann sprechen wir einmal über das Beten. Bist du einverstanden?" Susi nickte eifrig.

Als Birgit abends den Kindergarten betrat, stürmte Susi ihr entgegen. „Weißt du was, Mama, ich werde jetzt jeden Abend beten, so wie Max." „Wie kommst du denn darauf?" „Das erkläre ich dir später, Mama. Zu Hause möchte ich erst einmal Abendbrot essen. Und dann ziehe ich meinen Schlafanzug an. Und dann zeige ich dir, wie gut ich schon beten kann." „Da bin ich aber gespannt.", antwortete Birgit. Zu Hause angekommen, schickte Birgit Susi ins Kinderzimmer, weil sie heute mit dem Vorbereiten des Abendbrots ein wenig schneller fertig werden wollte. Da klackte auch schon das Schloss der Wohnungstür, die Tür flog mit dem üblichen Wums zu und Holger spazierte geradewegs in die Küche. „Na mein Schatz." – Holger nahm Birgit in den Arm, wirbelte sie einmal herum und gab ihr einen Kuss. „Stell dir vor, Holger, unsere Susi will beten." „Wer hat ihr denn solche Flausen in den Kopf gesetzt?", schimpfte Holger. „Ich hoffe, du unterstützt diesen Unsinn nicht." „So kannst du da nicht herangehen, Holger, wenn sie es will, kannst du ihr das nicht einfach verbieten, das wird sie nicht verstehen. Aber vielleicht begrüßt du sie erst einmal, gratulierst ihr zum Geburtstag und dann reden wir noch mal." Holger ging ins Kinderzimmer, nahm Susi auf den Arm und sagte: „Alles Gute zum Geburtstag mein Schatz. Heute ist es schon spät, wir feiern ja am Wochenende mit deinen Freunden. Aber erzählst du mir mal, was du heute schönes gelernt hast im Kindergarten?" „Ich kann jetzt beten.", erzählte Susi voller Stolz. „Wer hat dir denn diesen Quatsch beigebracht?" „Das ist kein Quatsch, Papa. Wenn du das noch mal sagst, erzähle ich es der Mama. Und jetzt lass mich los." „Ach Susilein, so habe ich das doch nicht gemeint. Ich wollte nur sagen, deine Mama und ich, wir beten nicht und deswegen möchten wir, dass du auch nicht betest." „Ich will aber beten", beharrte Susi, „und Mama will mit mir darüber reden, hat sie versprochen." „Na, dann rede ich aber erst mal mit der Mama", sagte Holger.

„Birgit, du kannst doch nicht zulassen, dass unsere Susi zur Betschwester wird. Wir waren uns doch immer einig, dass wir unser Kind nicht zum Glauben an Gott erziehen wollen. Ist das jetzt etwa nicht mehr so?"

„Natürlich sind wir uns einig. Aber Holger, zwei Dinge gebe ich zu bedenken. Auch hier führen Verbote nur zu Heimlichkeiten und nicht zum Verschwinden der Sache selbst. Vorschriften bewirken auch nichts, weil Susi sie einfach nicht verstehen kann. Und – sie ist eine eigenständige Persönlichkeit. Jeder Mensch hat das Recht, an Gott zu glauben oder auch nicht, auch unsere Tochter. Sollte sie eines Tages tatsächlich davon überzeugt sein, an Gott zu glauben, müssen wir das respektieren. Aber bis dahin ist es ein langer Weg. Jetzt macht sie lediglich etwas nach, was ihr ein Spielkamerad im Kindergarten vorgemacht hat. Trotzdem müssen wir das Ernst nehmen. Deswegen ignoriere ich ihren Wunsch, beten zu wollen nicht und deswegen meine ich auch, dass wir das weder als Unsinn abstempeln noch ihr verbieten dürfen. Am besten ist es, wenn ich einmal in Ruhe mit ihr darüber rede. Und ich rede mit ihr, weil ich sie in ihrem Tun respektiere und nicht, weil ich ihr etwas ausreden möchte. Kannst du mich verstehen, Holger?" „Na, wenn du meinst, dann rede mit ihr, aber zur Taufe trage ich sie nicht, soviel steht fest."

„Susi, hast du schon Zähne geputzt?" „Ja, Mama" „Und hast du schon den Hals gewaschen?" „Ja Mama." „Und hast du auch schon den Schlafanzug angezogen?" „Gleich Mama. Kommst du Mama?" „Aber ja mein Schatz, ich hole uns noch eine Kerze und eine schöne Musik und dann machen wir es uns in deinem Zimmer gemütlich." „Ich bin schon da Mama." Susi schlüpfte, nach Seife, Zahnpasta und Creme duftend, in ihr Bett. Die Mutter saß auf dem gemütlichen Sitzsack daneben, leise Klaviermusik spielte im Hintergrund und auf dem Regal an der Wand flackerte die Kerze. „Na Susi, nun erzähl doch mal, was hast du denn heute im Kindergarten gebetet?" „Ja Mama, der Max, der hat gebetet und ich habe nachgesprochen. Er hat gesagt: Lieber Gott, danke für das schöne Essen und für das schöne Wetter. Amen. Das habe ich dann auch gesagt. Was ist denn Gott, Mama? Ich habe Max gefragt. Der hat gesagt, Gott ist im Himmel. Ist er über den Wolken?" „Das ist eine sehr, sehr schwere Frage, Susi. Was ist Gott? Eigentlich kann ich es gar nicht so richtig erklären, damit ein Kind von fünf Jahren, so wie du, das auch versteht. Gott ist vielleicht ein Mann, vielleicht auch eine Frau. Er ist vielleicht alt, vielleicht aber auch jung. Gott ist wie ein guter Geist, der viele verschiedene Gestalten annehmen kann. Er versteckt sich, deswegen hat ihn noch niemand gesehen. Aber denen, die denken, dass es diesen guten Geist gibt, denen hilft er." „Also Mama, wenn ich denke, dass es den guten Geist gibt, dann hilft er mir?" „Ja, mein Schatz." „Aber woher weiß ich denn nun, ob es den guten Geist wirklich gibt? Er versteckt sich doch, hast du gesagt." „Wissen kann man es nicht, man kann es nur glauben." „Was ist denn glauben?", fragte Susi. „Du kannst Fragen stellen", stöhnte Birgit. „Also glauben heißt, dass man denkt, dass etwas so oder so ist, man weiß es nur nicht genau. Man denkt: es könnte vielleicht so sein. Und dann denkt man, es ist ganz sicher so, man weiß es aber trotzdem nicht. Und das nennt man glauben. Wenn also jemand sagt, er denke ganz sicher, dass es den guten Geist gibt, dann sagt man, dass er an Gott glaubt. Und wenn jemand mit dem guten Geist, der Gott heißt, spricht, dann sagt man, dass er betet. Verstehst du das, Susi?" „Also, dass der gute Geist Gott heißt, das habe ich verstanden. Einen guten Geist gibt es ganz bestimmt. Und wenn ich mit ihm reden will, also beten, dann bete ich. Denkst du auch, dass es einen guten Geist gibt, Mama?" „Weißt du was, mein Schatz, das erkläre ich dir, wenn du ein bisschen größer bist. Aber weißt du, was das Wichtigste ist, egal ob wir an einen guten Geist oder den lieben Gott glauben?" „Na was denn, Mama?" „Das Wichtigste ist, dass wir ein gutes Herz haben und freundlich zu anderen Menschen sind. Wenn einem Menschen der Glaube an einen guten Geist oder Gott dabei hilft, ist das gut. Wenn aber jemand ein gutes Herz hat, ohne dass er an den lieben Gott glaubt, ist das genauso gut." „Das verstehe ich, Mama. Jetzt möchte ich dir aber etwas vorbeten: Danke für meinen Geburtstag, danke für meine liebe Mama, danke für meinen Papa und danke für alles Schöne. Amen. Kommt der Papa noch mal an mein Bett?" „Aber na klar Susi. Du hast schön gebetet und jetzt kommt der Papa. Aber ich glaube, für heute hast du genug gebetet und mit dem Papa reden wir ein anderes Mal darüber. Und jetzt schlaf schön." Mit diesen Worten zog Birgit sacht die Tür zum Kinderzimmer zu. Sie hat viel über Glauben und Nichtglauben nachgedacht. Aber so schwer wie heute ist es ihr noch nie gefallen zu erklären, wie das ist, mit dem lieben Gott.

Teddybär

Verdammt, wo ist er? Wo ist mein geliebter Teddybär? Es kann doch nicht sein, dass er verschwunden ist? Mein brauner Bär mit einem Kopf so groß wie der eines Babys, mit dem zotteligen Fell, den schwarzen Knopfaugen, mit den breiten Tatzen. Und irgendwie schien es mir immer, als schaute er mich ganz freundlich und zugleich ein wenig verwundert an. Mein Bär war immer da, seit ich fünf Jahre alt bin. Nie verließ er mich, nicht im Kindergarten, nicht in der Schule, nicht im Studium, ja nicht einmal, als ich heiratete. Mein Mann schläft auf meiner linken Seite, und auf meiner anderen Seite liegt der Bär.

Und nun? Fast alle Kisten und Säcke habe ich schon aufgerissen. Die Auslegware liegt, die Schränke stehen schon an ihren Plätzen, es riecht noch nach frischer Farbe. Oh, was es noch alles einzuräumen gibt: die Wäsche, das Geschirr, die Bücher, tausend Kleinigkeiten. Da in der Ecke, da steht noch ein ungeöffneter Sack. Bestimmt ist mein Bär darin. Ich greife zur Schere und schneide vorsichtig das Verschlussband auf. Was sehe ich da? Die Winterjacken. Kein Bär. Im Keller – kommt mir die Erleuchtung. Im Keller stehen noch ungeöffnete Kartons. Ich greife mir ein scharfes Messer und gehe runter. Die erste Kiste – Stromkabel und Glühlampen. Die zweite – Bohrmaschine, Feilen, Raspeln, Schachteln mit Schrauben. Die dritte – leere Marmeladengläser. Die vierte – auch kein Bär. Aber er kann sich doch nicht in Luft aufgelöst haben. Ich schließe den Keller ab, gehe wieder in meine Wohnung im vierten Stock. Das Treppensteigen bereitet mir mehr Mühe als sonst. Ich freute mich so auf die neue Wohnung, auch wenn ich Umzüge hasse. Ein helles Wohnzimmer, eine geräumige Küche, endlich eine Badewanne und nicht nur eine Dusche. Aber jetzt, ohne meinen Bären, kann ich diese Freude gar nicht richtig empfinden.

Ich beschloss, erst einmal ein paar Schritte an die frische Luft zu gehen. Vielleicht hatten wir einen Sack oder einen Karton in der alten Wohnung vergessen? Oder der Bär war vom Umzugswagen herunter gefallen? Gestohlen haben wird ihn wohl niemand, denn wer stiehlt schon einen alten, zotteligen Teddybären?

Ich trat auf den Hof. Die Luft roch nach Herbst, nach vermodertem Laub, obwohl der Kalender Anfang Oktober zeigte und die Bäume golden strahlten. Ich wollte mich auf die Bank setzen. Aber da saß schon jemand. Und wer war das? Mein Teddybär. Ich hob ihn hoch und drückte ihn an mich. Da rief eine Kinderstimme hinter mir: „Hey, was machst du mit meinem Bären?"

Ich drehte mich um und ein kleines Mädchen mit einer Puppe im Arm blickte mich zornig an.

„Wieso ist das dein Bär?", fragte ich zurück.

„Es ist mein Bär, ich habe ihn beim Umzug verloren."

„Ich habe ihn aber gefunden, und jetzt gehört der Bär mir."

„Nicht alles, was man findet, gehört einem auch. Und ich war wirklich traurig, dass mein Bär verschwunden ist. Weißt du, der Bär begleitet mich schon viele Jahre, seit ich so alt bin wie du jetzt."

Das Mädchen schaute nachdenklich.

„Tante, meine Puppe hat doch jetzt einen Papa."

„Was denn für einen Papa?"

„Na, den Bären. Und du willst ihn mir wegnehmen. Das ist gemein!"

„Hm, wenn das so ist ..."

Ich schluckte. Meinen Bären weggeben? Das Mädchen enttäuschen? Aber wenn der Bär dem Mädchen gehörte, verlor ich ihn ja nicht wirklich.

Das Mädchen sah mich erwartungsvoll an.

„Darf ich den Bären behalten?"

„Na klar.", sagte ich, „Deine Puppe soll ihren neuen Papa nicht verlieren und du sollst deinen neuen Freund behalten. Weiß du, der Bär ist wirklich ein guter Freund. Pass gut auf ihn auf. Ich gehe jetzt wieder hoch in meine Wohnung. Mach's gut."

„Mach's du auch gut, Tante."

Sollte ich traurig sein? Oder nicht? Ein wenig wehmütig fühlte ich mich, denn jeder Abschied tut weh – wenn auch nur ein bisschen. Aber ich fühlte mich auch froh. Bin ich nicht längst zu erwachsen für einen Kuschelbären? Ich wusste, mein Bär fand ein gutes neues Zuhause. Und ich, ich trage das Kind in mir und werde es nie vergessen.

Wie Ente Emma und Schwan Emil Freunde wurden

Emma hockte am grasbewachsenen Ufer des Flüsschens, steckte den Schnabel ins Gefieder und schloss die Augen. Es dämmerte, der Himmel war bewölkt und die Welt versank in einem eigenartigen Grau. Grau – Emma blinzelte. Nicht nur die Welt in der regenschwangeren Abenddämmerung kam ihr grau vor, nein, ihr ganzes Leben, ihre Tage – tagein, tagaus, ja, sie selbst kam sich grau vor. Grau und ganz klein, klitzeklein. Am liebsten hätte sie sich zu einer kleinen mausgrauen und mausgroßen Kugel zusammengerollt. Sich vor der ganzen Welt versteckt. Wer mochte sie schon – Emma, das hässliche Entlein, das vor jedem Pudel davonrannte, der es kurz ankläffte. Emma hatte nicht nur vor Pudeln Angst, nein, sie hatte auch vor Katzen und Igeln Angst, sie erschreckte sich vor einer hochflatternden Taube. Am meisten ängstigte sie sich vor den bunten Erpeln, die den ganzen Tag schwatzten und lachten und von denen Emma glaubte, sie würden sich nur über sie lustig machen. Emma war ein richtiges kleines Hasenherz. Und sie fand sich grau, entsetzlich grau. Und das wäre wohl auch so geblieben, wenn da nicht Emil, der große, starke, leuchtend weiße Schwan gewesen wäre. Emil zog jeden Tag majestätisch seine Bahnen auf dem Flüsschen, auf dem auch Emma schwamm. Ruhig und würdevoll zog er dahin. Emma bewunderte ihn über alle Maßen. Manchmal schwamm sie heimlich hinter ihm her, um ihm nah zu sein oder sie setzte sich zum Schlafen unauffällig in seine Nähe. Eines schönen Tages, Emma fraß gerade ein bisschen Gras und schielte heimlich nach Emil, der sich ein paar Meter weiter von der Sonne bescheinen ließ, eines Tages kam eine alte Dame mit einem großen, schwarzen Pudel des Wegs. Der kläffte Emma an, dass es nur so schallte. Da erhob sich Emil, schlug mit den Flügeln und keifte den Pudel so an, dass dieser das Weite suchte und die alte Dame mit sich fortriss. Emma wollte sich bedanken, aber vor lauter Schreck verschluckte sie sich so an einem Grashalm, dass sie heftig husten musste und nicht einmal krächzen konnte. Emil schnappte Emma am Hinterteil, sodass sie kopfüber hing und den Grashalm ausspucken konnte. Dann legte er sie sanft ins Gras. „Ist alles in Ordnung mit dir?", fragte Emil. „Ja, ist schon gut", sagte Emma. „D-d-d-danke, dass du mir geholfen hast.", stotterte sie verlegen. „Ach, das habe ich doch gern getan, kleine Emma", antwortete Emil, „so kann ich endlich einmal in deiner Nähe sein, ich habe mich nämlich gar nicht getraut, dich anzusprechen."

„Was, du mich ansprechen? Du dich nicht trauen? Das kann ich mir gar nicht vorstellen, staunte Emma. „Du bist doch so ein schöner, großer, starker Schwan Emil, du hast nicht einmal vor einem großen, schwarzen Pudel Angst und du traust dich nicht, mich anzusprechen? Kannst du mir das mal erklären?"

„Das ist ganz einfach", antwortete Emil, „Ihr Enten, ihr seid einander alle ähnlich. Ihr seid klein und flink, ihr seid immer zu mehreren, ihr schwatzt und schwimmt miteinander. Ich dagegen bin so mächtig und groß, ich kann mich gar nicht in eure kleine bunte Gesellschaft mischen und unter euch sein. Darum bin ich allein und einsam, obwohl ich so groß und stark bin. Und dann habe ich dich beobachtet. Du bist gar nicht in der Gruppe der anderen, du schwimmst allein das Flüsschen entlang, du watschelst allein am Ufer und abends hockst du dich allein zur Nachtruhe. Da habe ich gedacht, wenn du die Kraft hast, alles allein zu unternehmen, dann musst du bestimmt ganz schön stark sein und dafür habe ich dich bewundert. Außerdem, ich schäme mich fast ein bisschen, es zu sagen, außerdem gefällst du mir sehr, weil du ein besonders zart und warm schimmerndes braunes Gefieder hast."

Emma blieb vor Staunen der Schnabel offen stehen. „Emil, ich bin doch gar nicht stark. Ich ziehe mich vor den anderen zurück, weil ich denke, dass ich ein ganz langweiliges, graues und ängstliches Entlein bin, mit dem niemand etwas zu tun haben will. Aber so etwas Schönes wie du hat mir noch nie jemand gesagt und dass er mich hübsch findet." Emma wischte sich verlegen eine Träne aus dem Auge. „Aber weißt du was Emil, wenn du mich so magst, dann kann ich dir doch auch etwas erzählen. Hörst du mir zu?"

„Aber nach klar.", stimmte Emil zu.

„Weißt du Emil, es war nicht immer so, dass ich mich klein und grau und hässlich fand. Als Kind war ich ein lustiger kleiner brauner Wuschelball. Ich schlug Purzelbäume und brachte meine Geschwister zum Lachen. Aber dann wurde ich größer, die Flaumfedern verloren sich, ich war nicht mehr so lustig. Irgendwann sagte mir meine Mutter, dass ich nun für mich allein sorgen muss. Davor hatte ich immer Angst. Ich dachte, ich schaff das nicht, ich brauche doch meine Mutter, allein gehe ich unter. Außerdem hatte ich

Angst, dass kein Enterich mich haben will. Und bis jetzt wollte mich auch keiner. Bestimmt, weil ich so grau, so langweilig und ängstlich bin."

„Aber Emma, ich finde dich wunderschön, glaub mir doch, ich lüge nicht. Und langweilig und ängstlich bist du auch nicht. Was du mir eben von dir erzählt hast, ist doch sehr interessant und auch mutig. Nicht jeder gibt zu, dass er solche Probleme hat. Aber ich will dir meine Geschichte erzählen, vielleicht fühlst du dich ein bisschen besser, wenn du sie hörst. Ich war nämlich einmal ein kleines graues Küken, genauso wie meine Geschwister. Mein Vater natürlich ein großer, weißer, stolzer Schwan, so wie ich jetzt einer bin. Als Kind habe ich fast jeden Abend geweint, weil ich so klein und grau war und nicht so groß und stolz und schön. Ich konnte mir nicht vorstellen, dass es einmal anders sein könnte. Aber ich hatte meine Geschwister und wir spielten lustige Spiele und trösteten uns gegenseitig. Doch plötzlich wuchs und wuchs ich und unter dem Grau lichtete sich ein blendend weißes Gefieder. Aber ich war nicht mehr so klein und behände, ich wurde groß und erhaben und konnte keine lustigen Spiele mehr spielen. Darüber war ich sehr traurig. So war ich als Kind traurig und jetzt bin ich es wieder."

„Ach Emil", flüsterte Emma, „wenn ich dich doch trösten könnte."

„Du hast mich schon getröstet, liebe Emma, indem du mir zugehört hast."

„Weißt du was", sagte Emma, „ich fühle mich jetzt auch schon viel besser. Geteiltes Leid ist halbes Leid. Wenn ich weiß, dass auch ein stolzer Schwan traurig sein und seine Schönheit gar nicht genießen kann, kommt mir mein eigenes Unglück gleich viel kleiner vor. Außerdem magst du mich und findest mich hübsch. Da werde ich gleich ein bisschen stolz. Hast du schon die kleinen blauen Streifen links und rechts an meinen Flügeln bemerkt?"

Da musste Emil lachen. „Na so was, jetzt wird mein kleines Entchen auch schon eitel. So gefällst du mir. Und weißt du was? Da kommt ein großer Pudel angelaufen, den verjagen wir jetzt gemeinsam. Los, wir krächzen, zischen und schnattern, dass er einen Schreck kriegt und rennt, was das Zeug hält." Emma krächzte und schnatterte bis zur Heiserkeit und Emil zischte und schlug mit den Flügeln. Der Pudel suchte das Weite. „Na siehst du, Emma", sagte Emil, indem er ihr einen zärtlichen Nasenstüber gab. „Allein ist mutig sein ganz schön schwer, aber gemeinsam geht es doch richtig gut." „Ja", antwortete Emma, „ich hätte nie geglaubt, dass ich in meinem Leben mal einen Pudel verjage." „Siehst du, Emma", sagte Emil „ und ich hätte nie geglaubt, dass ich als einsamer, ernster Schwan mal eine so nette Freundin kennenlernen werde, mit der ich soviel Spaß habe. Aber jetzt werde ich langsam müde, das war ein aufregender Tag." Damit setzte Emil sich auf die Wiese, Emma schmiegte sich zärtlich unter seinen Flügel und sie träumten zusammen in den blauen Abendhimmel, an dem schon ein Stern blinkte.

Wunder

Was ist ein Wunder? Ein Wunder – das ist etwas völlig Unerwartetes, etwas Fantastisches, etwas, womit man nicht gerechnet hat, etwas Unwirkliches, Rätselhaftes. Die Religion berichtet von Wundern – von Heilungen, Engeln, wundersamen Geschenken. Aber warum sind das alles nur Erzählungen aus der Vergangenheit? Warum passieren heute keine Wunder? Ein Wunder könnte helfen, trösten. Wenn der Alltag grau und trist ist, könnte ein Wunder Freude schenken. Wenn Krankheiten plagen, könnte ein Wunder Gesundheit bringen. Wenn große und kleine Kriege die Menschen zerstören, könnte ein Wunder Frieden bringen. Schwierigkeiten wachsen zu Bergen. Was wäre, wenn diese Berge durch ein Wunder plötzlich weggeräumt würden?

Aber warum stellt man sich unter einem Wunder immer das Großartige, Fantastische vor? Kommt es nicht vielmehr darauf an, die Wunder, die uns umgeben, überhaupt erst zu entdecken? Ist es nicht ein Wunder, dass die Vögel nach dem langen Winter wieder anfangen zu zwitschern? Ist es nicht ein Wunder, dass nach jeder langen dunklen Nacht die Sonne wieder aufgeht? Ist nicht jeder neue Tag, der uns geschenkt wird, ein kleines Wunder? Vieles nimmt man für selbstverständlich. Wer Wunder erleben will, muss lernen, im Selbstverständlichen das Einmalige, Unverwechselbare, Unwiederbringliche zu entdecken. Das Wunder entsteht durch den anderen Blick auf die Welt, durch den Blick aus einer anderen Perspektive. So entdeckt man Neues, Unbekanntes. Man wundert sich, man sagt sich: so habe ich das noch nie gesehen. Wer ständig die eingetretenen Pfade geht, wird sich über nichts mehr wundern, für den gibt es keine Wunder. Erst, wer links und rechts des Wegesrandes die Blicke schweifen lässt, wird kleiner Überraschungen, kleiner Wunder gewahr. Selten oder gar nicht überkommen uns die Wunder so, wie sie in Märchen und religiösen Legenden erzählt werden. Vielmehr vollziehen sich die Wunder im Verborgenen, oft sind sie unscheinbar und versteckt, sie wollen von uns gesucht und entdeckt werden. Wem es gelingt, in seinem Alltag die vielen kleinen versteckten Wunder zu erkennen, der wird sich vielleicht gar nicht mehr wundern, dass er sich wundert. Der wird sich freuen, über die kleinen, versteckten Überraschungen, die das Leben lebenswerter machen.

Sage ich nun Hallo?

Sage ich Guten Tag? Sage ich Guten Morgen? Oder Guten Abend? Wie wär's mit Grüß Gott? Einem Bussi links und rechts? Handschlag? Flüchtige Umarmung? Sehr geehrte Damen und Herren? Oder – Hi?

Ich sage einfach: Liebe Leserin und lieber Leser! Das mag ein bisschen altmodisch klingen. Soll es auch. Wer mich kennt, weiß, dass ich es ein wenig altmodisch mag. Ich habe die Vierzig überschritten, bin noch immer (fast) so naiv und neugierig wie mit Zwanzig. Ich trage meistens Jeans und T-Shirt und bequeme Schuhe mit etwas schiefen Absätzen, meine Haare bilden einen braunen Wuschelkopf, manchmal findet sich auch ein graues darunter, das ich dann schnell ausreiße, wenn ich es entdecke. Seit drei Jahren muss ich eine Brille tragen, die mich, wie ich finde, ein bisschen streng aussehen lässt. Heimlich gucke ich dann besonders freundlich in den Spiegel und übe, wie ich trotz Brille einen liebevollen Eindruck machen kann. Geboren bin ich in Berlin, aufgewachsen in Finsterwalde, einer Kleinstadt in der Lausitz. Ich bin die ältere Schwester von zwei Brüdern, die Tochter von längst geschiedenen Eltern, die Frau eines verrückten Musikers und die Freundin von vier netten Damen meines Alters, die wie ich ein wenig hoffnungsvoll und ein wenig ängstlich in die Welt blicken, mal mutig, mal verzagt sind und die genauso wie ich, wie mein Mann und wie unsere anderen Freunde gerne nachdenken und über die Welt und das Leben philosophieren. Kinder habe ich keine, aber ich denke oft und viel darüber nach, was Kinder brauchen und was für Kinder gut ist und was nicht.

Deswegen habe ich auch eingangs die Frage nach dem Grüßen gestellt. Meine Eltern brachten mir als Kind bei, Menschen die ich kenne, Nachbarn, ältere Menschen und meine Lehrer zu grüßen. Ich befolgte die Aufforderung meiner Eltern, ohne groß darüber nachzudenken. Heute fallen mir zwei Dinge auf. Zum einen verwenden die meisten Menschen nur noch ein einziges Grußwort, nämlich „Hallo". Im „Kluge", einem Wörterbuch über die historische Abstammung deutscher Wörter findet sich, dass das „Hallo" ursprünglich ein Zuruf an einen Fährmann ist und so viel wie „Hol über" bedeutet. Ich habe im Grunde nichts gegen „Hallo". Aber dass alle anderen Formen, sich zu begrüßen, vergessen werden und mehr und mehr aus unserem Alltag verschwinden, finde ich bedauerlich. Noch bedauerlicher finde ich es, dass das Grüßen ganz aus der Mode zu kommen scheint, mal abgesehen davon, dass auch die Regeln des Grüßens aus der Mode kommen. Die Jungen grüßen die Alten, die Herren die Damen zuerst. Ist das so überholt?

Ich selbst erlebe jeden Tag, dass Menschen das Grüßen gar nicht mehr beachten. Wenn ich zu meiner Wohnung gehe, muss ich ein Grundstück überqueren mit einem kleinen Spielplatz, auf dem sich viele Kinder tummeln und die Eltern, meist die Muttis, rundherum sitzen und aufpassen. Ich gehe jeden Tag über dieses Grundstück, schaue den mir Entgegenkommenden in die Augen, lächle freundlich und sage „Hallo!" oder „Guten Tag!" Manchmal grüßt die- oder derjenige zurück, manchmal bekomme ich ein Lächeln als Antwort, vielleicht einen scheuen Blick. Aber manchmal wird mein Gruß auch völlig übersehen. Wenn ich nicht grüße, werde ich so gut wie nie gegrüßt, obwohl die Menschen auf diesem Grundstück mich kennen und wissen, dass ich ihre Nachbarin vom angrenzenden Grundstück bin.

Ich schimpfe jetzt nicht und sage, früher war alles besser. Ich finde es nur sehr traurig, dass diese Geste, die kleine Begegnungen und Momente warm und freundlich machen kann, dass diese Geste veraltet sein soll. Die Kinder auf dem Grundstück laufen an mir vorbei und nehmen mich gar nicht wahr. Wie sollen Kinder grüßen lernen, wenn die Erwachsenen es ihnen nicht vorleben? Vielleicht irre ich mich, und das Grüßen ist nicht mehr wichtig. Aber mir ist es wichtig und ich grüße, egal ob jemand von mir gegrüßt werden will oder nicht. Und Sie?

Seien Sie für heute herzlich gegrüßt von

Jana Swiderski